TIME ROULETTE
타임룰렛

초판 1쇄 인쇄일 2018년 2월 09일 ∣ **초판 1쇄 발행일** 2018년 2월 14일

지은이 최예균 ∣ **펴낸이** 곽동현 ∣ **담당편집 팀장** 이범수
편집부 신연제 김예리 이윤아 홍현주 김유진 조서영 임소담 정요한 김미경 박수빈

펴낸곳 (주)조은세상 ∣ **출판등록** 제 2002-23호
주소 경기도 연천군 미산면 청정로 1355
TEL 편집부 02)587-2966 ∣ FAX 02)587-2922
e-mail bukdu@comics21c.co.kr

최예균 © 2017
ISBN 979-11-6171-650-3 ∣ ISBN 979-11-6171-108-9(set) ∣ 값 8,000원

TIME ROULETTE

타임룰렛 9

최예균 현대판타지 장편소설

NEO MODERN FANTASY STORY

CONTENTS

CONTENTS

TIME ROULETTE
타임룰렛

Chapter 91. 썩은 물

경기도 가평의 D.K 펜션.

지상 3층, 지하 2층 규모의 건물 세 개가 연결된 이 펜션
은 D.K 그룹 소유의 연수원이다.

이곳은 해마다 연초와 연말에 사내 야유회 및 워크숍 용
도로 사용되며, 사내 복지의 일환으로 여름 휴가철에는 직
원들의 휴가처로 제공되기도 했다.

주변의 경관이 뛰어나고 내부의 시설 역시 최신식이었기
에, 어지간한 5성급 호텔보다도 좋다는 칭찬이 자자했다.

그래서 그런지 연초와 연말, 이 펜션을 이용하기 위해서
D.K 그룹 각 팀에서 벌어지는 신청 경쟁은 흡사 전쟁을 방

붉게 했다.

또한, 특히 여름 휴가철이 다가올 무렵이면 이용을 위한 문의로 인해 D.K 그룹 경영지원실 전원이 야근 모드에 들어가기도 했다.

이렇듯 경쟁률이 높아서일까?

사적으로 펜션을 사용하기 위해 경영지원실에 압력을 가하는 그룹 임원이 간혹 존재했다.

물론 그들은 다음날이면 다시 경영지원실을 찾아 어색한 얼굴로 사과를 하는 경우가 보통이었다.

이유는 단 하나.

펜션을 이용하기 위해서는 다름 아닌 그룹의 오너 안성우의 결재가 필요했기 때문이었다.

"많이 떨리시나 봅니다."

안성우의 물음에 옆에 있던 중년의 사내가 떨리는 표정 그대로 고개를 끄덕였다.

사내의 이름은 정찬우.

비록 현재는 아무런 일도 하지 않는 62세의 백수에 지나지 않았지만, 그는 과거 충남대학교에서 고고학을 전공하던 교수였다.

교수인 정찬우의 취미는 단 한 가지.

바로 골동품 취급을 받는 유물을 모으는 것이었다.

덕분에 그는 시간이 날 때마다 국내 이곳저곳을 돌아다

니는 것은 물론 중국과 일본, 동남아와 유럽을 오가며 상당한 양의 유물을 수집했다.

개중에는 금전적 가치보다는 연구를 위해 구입한 물건들도 다수 있었지만, 능히 국립 박물관에 전시를 해도 될 정도의 희귀한 유물도 있었다.

이렇듯 정찬우는 30년에 가까운 세월 동안 틈이 날 때마다 유물에 대해 공부하고, 교수 활동으로 번 돈으로 유물을 수집하면서 세월을 보내왔다.

만약 그 일이 벌어지지 않았다면, 그는 죽는 날까지 자신의 취미를 즐기다가 삶을 마감했을 것이다.

사건의 발단은 한 방송사가 정찬우를 취재하면서 생겨났다.

특별한 취미를 지닌 사람을 찾아다니던 방송사는 고고학 교수인 정찬우에게 취재를 요청했고, 이내 그가 공을 들여 수집한 희귀한 유물들을 방송으로 내보냈다.

그리고 그 방송이 전전 정권의 문화재청 관계자에게 흘러들어가게 된 것이다.

당시 신규 박물관 건립을 추진 중이던 문화재청은 정찬우에게 접근해서 이런 제안을 하게 된다.

[교수님, 힘들게 모으신 선조들의 유물을 혼자만 보셔서야 되겠습니까? 저희가 이번에 박물관을 하나 건립하려고

하는데, 그곳에 기증하셔서 대한민국 사람 모두가 볼 수 있도록 하시죠.

만약, 그렇게만 해주시면 선생님과 가족 그리고 일가 친인척은 평생 박물관을 공짜로 이용하실 수 있게 조치하고, 입구에 세울 기증자 명단 제일 처음에 교수님의 성함을 기재하겠습니다.

또 현직 교수님이시니까 현업에서 은퇴하실 경우 박물관 부소장 혹은 연구 고문 자리를 마련해 드리겠습니다.]

마침 방송의 영향으로 인해 주변의 사람들이 하루가 멀다고 유물을 좀 구경하자고 찾아오는 상황이었다.

도난의 위험도 걱정이 되던 찰나에 문화재청의 제안은 정찬우로서는 나쁘지 않았다.

어찌됐든 그가 유물을 모은 이유는 돈을 벌기 위해서라기보다는 수집가로서의 의지가 더 컸기 때문이었다.

실제로 정찬우가 직업을 군이 고고학 교수로 삼았던 이유도 더 많은 유물을 수집하기 위해서였다.

고민 끝에 정찬우는 문화재청에 한 가지 조건을 더 추가하면, 제안을 수락하겠다고 말했다.

[부소장 자리는 됐습니다. 대신 내가 그 박물관 건립에 돈을 좀 투자할 테니까 매점 자리가 됐든 경비 자리가 됐든

일할 수 있게 해주시오. 그리 해준다면, 내 그쪽 뜻대로 하 겠소이다.]

　최근 나이가 들어감에 따라 정찬우는 교수로 강단에 서 는 것도 슬슬 힘에 벅차다는 생각을 하고 있었다.

　문화재청의 제안대로 박물관 부소장의 자리가 탐이 나기 는 했지만, 유물을 기부하고 그런 자리에 앉았다가는 사람 들의 손가락질을 받을 수도 있는 노릇이었다.

　그 때문에 독이든 성배와 같은 부소장보다는 소일거리를 하며 안정적으로 돈을 벌기에 좋은 경비나 매점 주인을 요 구했던 것이다.

　어렵지 않은 제안이었기 때문에 문화재청은 곧장 수락했다.

　그리고는 박물관 건립에 앞서 유물의 종류와 상태를 점 검하겠다는 이유로 정찬우의 소장품을 전량 수거해 갔다.

　문제는 그 뒤에 터졌다.

　갑작스레 문화재청의 청장이 문화재 반출 비리 사건에 연루되면서 옷을 벗게 된 것이다.

　또한 신임 청장 부임과 동시에 기존에 추진 중이던 박물 관 건립 계획이 무산되어 버렸다.

　문화재청의 예산에 비해 박물관을 새로 건설하는 비용이 너무 많이 들고, 또 그곳에 배치할 문화재가 너무 적다는 게 이유였다.

황당한 마음에 정찬우는 곧장 문화재청에 연락을 취해 자신이 투자한 돈과 소장품을 반환해달라고 요청했다.

하지만 돌아온 소장품의 대부분이 가치가 거의 없는 골동품뿐이었다.

그사이 박물관에 전시가 가능했던 희귀한 유물들은 감쪽같이 사라진 뒤였다.

당연히 문화재청에 이러한 사실을 지속적으로 알렸지만, 그들의 답변은 늘 한결같았다.

[교수님! 저희 쪽에는 그런 유물을 받았다는 기록 자체가 없습니다. 증거도 없는데 자꾸 이렇게 귀찮게 하시면, 경찰에 신고하겠습니다.]

분노한 정찬우는 곧장 변호사를 선임해서 문화재청을 상대로 소송을 걸었다.

지난한 소송은 5년이란 기간 동안 계속되었다.

하지만 최종 결과는 정찬우의 패소였다.

판사의 판결은 두 가지 이유에 기인했다.

첫째, 당시 문화재청이 정찬우의 소장품을 받아갔다는 기록은 있으나, 사라진 유물에 대한 내용은 기록되지 않았다는 점.

둘째, 공공기관이 사사로이 개인에게 투자를 받아 이권

행위를 제공하는 것은 불법이기 때문에 이에 대해 반환할 의무가 없다는 점이었다.

또한, 책임자였던 전임 문화재청 청장이 개인의 사리사욕을 채우기 위해 그리했던 것이기 때문에, 소송은 문화재청이 아닌 전임 청장에게 제기하는 것이 합당하다는 판결이었다.

결국, 선의로 했던 행동이었음에도 불구하고 정찬우는 30년의 세월 동안 모아왔던 소중한 수집품과 박물관 건립을 위해 투자했던 막대한 돈을 모두 잃을 수밖에 없었다.

그 뒤로 정찬우는 법원의 판결에 불복하고 거듭 소송을 진행했으나, 결과는 첫 번째의 판결과 달라지지 않았다.

뿐만 아니라 문화재청은 언론을 동원해서 정찬우가 모은 수집품들의 대부분이 모조품이었으며, 그나마 있던 진품들은 과거 도굴꾼에 의해 도난되어 이미 신고가 접수된 물건들이라는 기사를 발표했다.

심지어 그 기사에는 정찬우가 초기 도움을 요청했던 고고학계의 입장 또한 포함되어 있었다.

[정찬우 교수는 본래부터 학계에서 이단아라 불리던 사람이었습니다. 가치가 없는 유물임에도 불구하고 항상 무리를 해서라도 구입하고는 했거든요. 같은 학계의 사람으로 볼 때 도무지 이해가 되지 않는 행동이었습니다.

그런데 이번 사건을 보니, 어쩌면 교수라는 사회적 신분을 이용해서 그런 물건을 비싸게 처분하려는 생각을 품은 게 아닐까 하는 판단이 들었습니다.]

한평생 교수로서 강단에 서고 골동품과 유물만 수집하던 사내가 언론의 무서움을 어찌 알았겠는가?

기사가 나가기 무섭게, 언론과 국민들은 마녀 사냥이라도 하듯 정찬우를 거짓말쟁이라고 손가락질하며 물어뜯었다.

그리고 그 물어뜯음은 당사자에게만 해당되지 않았다.

어떻게 알았는지 사람들은 정찬우의 자식들에 대한 신상까지 털어서 거짓말쟁이 자식이라고 비난을 퍼부었던 것이다.

결국, 자식들은 아버지인 정찬우를 찾아와서 하소연을 했다.

[아버지! 그냥 이제 좀 포기하세요. 그쯤 하셨으면 됐잖아요? 이제 그냥 다 잊고 그 좋아하신 여행이나 다니면서 지내세요. 아니면, 계속 저희들까지 거짓말쟁이 자식으로 만드실 겁니까? 꼭 그래야 속이 편하시겠어요?]

한평생을 교육자로 부끄러움 없이 살아왔던 정찬우는 자식들의 원망에 결국 고개를 숙일 수밖에 없었다.

단지 진실을 밝히고 정당한 권리를 행사하고 싶었을 뿐이었지만, 야속한 세상은 그마저도 허락해주지 않았다.

그렇게 시간과 돈, 소중한 소장품을 잃은 것은 물론 세상에게 거짓말쟁이라고 손가락질을 받은 정찬우는 외부로의 노출을 자제하고 하루하루를 술로 연명했다.

적어도 안성우가 그를 찾아오기 전까지는 말이다.

"회장님, 거듭 여쭤봐서 죄송하지만 저를 찾아오셔서 하셨던 그날의 말씀 진짜이십니까?"

정찬우의 떨리는 물음에 안성우가 고개를 끄덕였다.

"네. 이미 10년 전에 사라져 버린 유물은 어쩔 수 없지만, 이번 일을 도와주시면 빼앗긴 명예만큼은 꼭 회복시켜 드리겠습니다."

정찬우가 손을 크게 흔들었다.

"유물은 관심도 없습니다. 명예도 마찬가지고요. 다만, 제 자식 놈 그리고 손주들이 이 할아비가 거짓말쟁이가 아니었다는 사실만 밝혀주시면 됩니다. 그날 이후로는 부끄러워서 명절 때도 가족들의 얼굴도 못 보고 있습니다."

"사필귀정이라 했습니다. 꼭 그렇게 될 겁니다."

담담히 대답한 안성우가 얼마 전 나눴던 대화를 떠올렸다.

[안 집사님, 혹시 문화재에 대해서 잘 아는 분들을 찾아 봐 주실 수 있을까요?]

[음, 그렇다면 대학교수나 은퇴한 박물관 소장들을 알아보겠습니다.]

[네, 이왕이면 현재 현업에서 활동하시는 분보다는 은퇴한 사람이면 좋겠습니다. 거기에 이런 사연을 가지신 분이면 더 좋을 것 같고요.]

[이 기사들은?]

[사재를 털어 정당한 방법으로 유물을 모았지만, 법이라는 이름 아래 정부 혹은 문화재청에게 자신의 소장품을 모두 빼앗긴 분들입니다. 그것도 모자라 거짓말쟁이로 낙인까지 찍혔죠. 아무래도 이런 분이 함께 하는 편이 나중에 언론을 상대할 때 훨씬 그림이 살지 않겠습니까? 이슈도 훨씬 크게 될 것 같은데요.]

[에이션트 원도 이제 사업가가 다 되셨군요.]

대중과 언론은 스토리를 좋아한다. 소방관이 강아지를 구했다는 흔해 빠진 내용보다는, 극적인 요소가 가미된 내용을 선호한다.

어미를 잃고 추위에 떨며 아사하기 직전인 강아지를 소방관이 구했다. 그리고 소방관들의 따뜻한 배려 속에 그 강아지는 나날이 건강을 되찾아가고 있다.

이런 식의 스토리 말이다.

그리고 슬슬 안성우의 머릿속에도 이번 작전의 스토리가

명확하게 떠오르기 시작하고 있었다.

부앙-

커다란 엔진 소리와 함께 펜션의 마당으로 한 대의 트럭과 승용차가 도착했다.

트럭에서 내린 사내들은 차 안에 실려 있던 상자들을 곧장 펜션의 바비큐 장으로 옮기기 시작했다.

저벅-저벅-

"아직은 밤이 제법 쌀쌀하네요. 오래 기다리신 건 아니죠?"

"아닙니다. 저희도 온 지 얼마 안 됐습니다. 이쪽은 일전에 말씀드린 정찬우 교수입니다. 과거 충남대학교에서 고고학 교수를 역임하셨습니다."

안 집사가 자신의 옆에 서 있던 정찬우를 가리켰다.

정찬우가 당황한 얼굴로 안 집사와 나를 바라보더니 뒤늦게 자신을 소개했다.

"처, 처음 뵙겠습니다. 정찬우라고 합니다."

"안녕하세요. 한정훈입니다. 얘기는 여기 계신 안 집사님에게 미리 들었습니다."

"……안 집사님이요?"

정찬우가 당황한 얼굴로 안 집사를 쳐다봤다. 그 심정이 어떤지는 이해가 간다.

안 집사님은 대외적으로 D.K 그룹이란 거대한 기업을 이끌고 있는 회장이다.

그런데 새파랗게 어린 20대 청년이 집사라는 호칭으로 부르고 있으니 어찌 당황스럽지 않겠는가?

"궁금한 게 많으시겠지만, 가장 중요한 건 여기 계신 이분께서 정찬우 씨의 명예를 회복시켜줄 분이라는 겁니다. 즉, 이번 일을 모두 계획하신 분이라고 할 수 있죠."

"그럴 수가!"

그의 놀라움은 더욱 커졌다.

정찬우가 흔들리는 눈빛으로 나를 쳐다봤다.

"솔직히 저는 지금 이 상황이 혼란스럽기만 합니다."

"차츰 진정될 겁니다. 그리고 저는 편하게 정훈 군이라고 부르시면 됩니다. 저 역시 정 교수님이라고 부르겠습니다."

"하지만…… 여기 계신 회장님도 존대를 하시는데……."

정찬우가 난감한 표정을 지을 때였다.

"물건은 모두 옮겼습니다."

"수고하셨습니다."

때마침 바비큐 장으로 상자를 모두 옮긴 민 박사의 사람들이 일이 끝났다는 사실을 알려왔다.

그들은 처음에 그랬던 것처럼 일이 끝나기 무섭게 트럭을 끌고 마당을 벗어났다.

"일단 하실 말씀이 많으시겠지만, 자세한 얘기는 안으로 들어가서 할까요?"

두 사람과 함께 들어간 바비큐 장에는 내탕고에서 꺼내 온 상자들이 일렬로 줄지어 놓여 있었다.

근처에 있는 가위를 집어 들어 상자의 겉에 씌워져 있는 한솔이란 마크의 비닐을 벗겨냈다.

그와 함께 꽁꽁 감춰져 있던 호랑이 가죽이 그 고고한 자태를 드러냈다.

"오오!"

시간이 흘러도 사람은 쉽게 변하지 않는다.

뒤에서 지켜보던 정찬우가 탄성을 내질렀다.

고고학이란 단지 유물만을 연구하고 복원하는 학문이 아니었다.

인류가 생활의 증거로 남긴 모든 것을 발굴하고 수집, 분석하는 게 바로 고고학이었다.

당연히 상자를 덮은 가죽이 범상치 않음을 한눈에 알아볼 수밖에 없었다.

그런 정찬우를 향해 줄지어 놓인 상자를 가리키며 말했다.

"열 마디 말보다는 실제로 물건을 보는 쪽이 얘기를 나누기에 편하겠죠? 일단은 상자에 담긴 물건부터 보시죠."

"그, 그래도 되겠습니까?"

"당연하죠. 그렇지 않으면 오늘 이 자리에 교수님을 모신 의미가 없죠."

한쪽으로 비켜서며 길을 비켜주자 정찬우가 조심스레 걸음을 옮겨 상자 앞으로 걸어왔다.

그리고는 옆에 놓인 면장갑을 끼고 몇 번의 심호흡 끝에 상자를 덮고 있던 호랑이 가죽을 들어 올렸다.

"오오오! 이럴 수가!"

내용물을 확인한 그의 입에서 조금 전보다 더욱 큰 탄성 소리가 흘러나왔다.

"이건 청화백자가 아닙니까? 이 고운 자태 그대로 남아 있다니. 그 옆에 있는 건 금불상이군요. 형태를 봐서는 조선 전기에 제작된 것 같은데, 그리고 그 옆에 있는 건 연적…… 해태의 모양을 본떠 제작된 걸 보니 아마 궁에서 사용하던 물건이었을 겁니다."

정찬우의 입에서 유물의 명칭과 사용도가 쉴 새 없이 흘러나왔다.

상자마다 적게는 십여 개, 많게는 이십여 개의 유물이 담겨 있었다.

세 번째 상자까지 살펴보던 정찬우가 영조의 직인이 찍힌 운검을 확인하고는 한참 호들갑을 떨다가 고개를 돌렸다.

짧은 사이 그의 얼굴은 흥분으로 인해 붉게 상기되어 있었다.

"대, 대체 이런 물건들을 어떻게 구하신 겁니까? 자랑은 아니지만 저 역시 한평생 고고학을 공부했고 또 전국 방방곡곡, 해외까지 돌아다니며 유물들을 수집하고 살폈습니다. 하지만 이렇게 완벽한 형태를 유지하고 있는 유물들은 지금까지 단 한 번도 본 적이 없습니다. 이건 마치……."

잠시 숨을 삼키던 정찬우가 흔들리는 눈동자로 말했다.

"실제로 과거에서 가지고 온 것 같을 정도입니다. 정말 대단합니다."

순간 헛기침이 나오려는 것을 애써 눌러 참았다.

이 아저씨 생각보다 예리한 면이 있다.

하긴, 따지고 보면 그리 생각하는 것도 무리가 아니었다.

현재 박물관에 보관되어 있는 유물들은 현대의 기술력을 통해 어느 정도 복원된 부분이 적지 않다.

아무리 보관을 잘했다고 해도 수백 년의 세월이 흐르는 동안 이리저리 사람의 손을 탔기 때문이었다.

하지만 상자에 담긴 유물은 보관되는 순간부터 지금까지 그 누구의 손길도 허락하지 않은 것들이었다.

"참, 교수님. 이것도 좀 봐주실 수 있겠습니까?"

품속에서 사진참사검과 함께 있었던 서찰을 꺼내 정찬우에게 내밀었다.

면장갑을 착용한 손으로 조심스레 서찰을 살피던 정찬우가 고개를 저었다.

"이건…… 저 상자에 담긴 유물과 달리 관리가 전혀 안 되었군요. 이 상태로는 글자를 해석하기 어려울 것 같습니다."

"그렇습니까?"

아쉬운 마음이 들지 않는다면 거짓일 것이다.

분명 서찰에는 중요한 내용이 적혀 있을 것이다.

혹은 송지철처럼 그 시대의 누군가가 내게 남긴 메시지일 수도 있었다.

그때였다.

정찬우가 무언가 떠오른 듯 표정으로 말했다.

"아! 혹시 괜찮으시다면, 제가 사람을 한 명 소개시켜드려도 되겠습니까? 그 친구가 좀 괴짜이긴 한데 고서 복원 실력만큼은 국내 최고라고 할 수 있습니다."

정찬우의 목소리에서 단번에 그 사람에 대한 믿음과 신뢰를 느낄 수 있었다.

"그럼, 한번 그분에게 부탁 좀 해주시겠습니까? 보수는 섭섭하지 않게 드리도록 하겠습니다."

"알겠습니다."

"자, 그럼 일단 대충 저 상자에 어떤 물건이 들어 있는지는 아셨으니, 남은 얘기는 들어가서 하도록 할까요?"

장소를 옮겨 펜션 안으로 들어갔다.

널찍한 크기의 거실은 바닥이 이태리 대리석으로 되어 있었다.

또한 천연 물소 가죽 소파와 고급 장식이 어울려짐으로써 호텔의 스위트룸은 명함도 내밀지 못할 정도의 우아함을 자아냈다.

정찬우가 눈을 껌뻑 껌뻑거리며 연신 주변을 두리번거리는 사이, 안 집사가 부엌에서 술과 술잔을 들고 걸어 나왔다.

"사내들끼리 있으니 차보다는 술이 좋지 않겠습니까?"

조르르-

자리에 앉은 안 집사가 술잔에 1/3 정도 술을 채웠다.

"정 교수님, 안 집사님에게 얘기를 듣고 기사를 찾아 봤습니다. 박물관 건립을 위해 수십 년 넘게 모으셨던 소장품을 기부하셨다고요?"

"예, 그랬었습니다."

"하지만 건립이 무산되면서 기부했던 물건들 중 대다수를 돌려받지 못하셨고, 그나마 받은 물건도 파손되어 있거나 가치가 없는 것들이라고 들었는데. 사실입니까?"

정찬우가 자신의 앞에 놓인 잔의 양주를 단숨에 들이켰다.

"후, 그뿐이 아닙니다. 그놈들 엉뚱한 물건을 가지고 와서는 자기네들이 조사해보니까 모조품이었다고 하면서 내던지고 가지 뭡니까? 아직도 그때를 생각하면 억울하고 분해서 밤에 잠을 못 이룹니다."

"상심이 크셨겠습니다."

역시 기사에서 거론되었던 내용은 일부분에 지나지 않았다.

"정 교수님에게 처음 제의를 했던 사람이 이 사람 맞나요? 이쪽은 그때의 문화재청 청장인데. 맞습니까?"

안 집사가 품속에서 두 장의 사진을 꺼내 테이블 위에 올려놓았다.

첫 번째 사진에는 40대로 보이는 남자가 미모의 20대 여성과 고급 세단에서 내리는 장면이 찍혀 있었다.

두 번째 사진에는 머리가 하얗게 센 60대 정도의 중년인이 환하게 웃으며 사람들과 함께 골프를 치고 있는 사진이 담겨 있었다.

정찬우가 사진을 유심히 살피더니, 몸을 부르르 떨며 고개를 연신 끄덕였다.

"마, 맞습니다! 이 사람들이 날 찾아와서 후원을 해달라고 제안을 했습니다."

안 집사가 시선을 돌려 나를 쳐다봤다.

"사람을 시켜 좀 알아봤습니다. 첫 번째 사진의 남자는 박영욱. 8년 전 문화재청 과장으로 근무하다가 퇴직했습니다. 두 번째 사진의 남자는 길태훈. 마찬가지로 8년 전 문화재청 청장으로 근무하다가 당시 박물관 로비와 문화재 반출에 대한 책임을 지고 물러났습니다."

"8년 전이라. 그럼, 지금은 무슨 일을 하고 있습니까?"

"박영욱은 직업은 없고 서울에 4층짜리 건물이 하나 있습니다. 길태훈의 경우는 주로 은퇴한 장관과 차관들을 만나며 골프를 치러 다닌다고 합니다. 특별히 수입은 없고. 아! 큰아들이 현 기획재정부 차관이라고 하더군요."

턱을 쓰다듬으며 박영욱이 찍힌 사진을 쳐다봤다.

냄새가 난다.

그것도 아주 지저분한 냄새였다.

"그런데 이분은 집이 꽤 부자인가 보네요. 공무원 생활을 오래했다고 해도 월급만으로 서울에 4층짜리 건물을 사고 이런 고급 세단을 몰기는 어려울 텐데요."

9급 공무원 1호 봉의 월급이 대략 140만 원, 5급 공무원은 대략 230만 원이다.

물론 기타 수당과 호봉이 증가할수록 월급이 늘어나기는 했다.

하지만, 그건 최소 10호봉 이상의 경력을 갖춘 경우에 해당되는 얘기였다.

당연히 이 월급을 가지고는 서울 소재의 건물은커녕 고급 세단을 사는 것은 무리였다.

"박영욱이 건물을 매입한 시점이 지금으로부터 7년 전입니다. 시기적으로 따지면, 정 교수님에게 제안했던 박물관 건립이 무산되고 대략 6개월쯤 지나서죠."

25

잠시 생각을 하던 정찬우가 고개를 흔들었다.

"하지만 제 소장품을 전부 내다 팔더라도 건물을 살 정도는 아니었습니다."

지금 상황에서 가장 크게 의심할 수 있는 건 박영욱이 정찬우의 소장품을 빼돌려 팔아 치우고 그 돈으로 건물을 산 게 아닐까 하는 추측이었다.

하지만 정찬우는 과거 자신이 지녔던 소장품의 가치를 정확히 알고 있었다.

몇 천만 원을 호가하는 물건도 분명 있기는 했지만, 그렇다고 서울 땅의 번듯한 건물을 매입할 수 있을 정도는 아니었다.

꿀꺽―

안 집사가 자신의 앞에 놓인 잔의 양주를 한 모금 들이켠 뒤 말했다.

"정 교수님의 소장품만 있었다면 그렇겠죠."

"네?"

단순한 한마디였지만 머릿속에 하나의 그림이 그려졌다.

"정 교수님 말고도 당시 피해를 본 사람들이 더 있었군요?"

"그렇습니다. 정 교수는 단지 대외적으로 알려진 본보기였을 뿐입니다. 만약 자신들을 계속 귀찮게 굴면 이렇게 될 것이라는 광고용이었던 거죠. 조사해보니 당시 피해를 입은 사람이 꽤 있더군요. 현재까지 파악한 숫자만 해도 20명입니다."

"이해가 안 되네요. 아무리 언론이 무서워도 그 많은 사람이 모두 침묵했다고요?"

20명이라면, 예상보다 훨씬 많은 숫자였다. 안 집사가 씁쓸한 미소를 지으며 말했다.

"그나마 정 교수가 이슈가 되었던 건 고고학자에 교수라는 신분 때문이었습니다. 그에 비해 농사를 짓거나 자영업을 하는 사람들은 굳이 언론까지 동원할 필요도 없었죠. 일반인은 보통 고소장이라고 적힌 등기만 날아와도 벌벌 떨기 마련이니까요. 아마 지레 겁을 먹고 소송할 생각조차 못 했을 겁니다."

세상이 달라졌다고는 하지만, 연륜이 있는 사람들 중에는 아직도 경찰과 검찰의 연락만 와도 부들부들 떠는 분들이 있다.

설령 자신에게 아무런 죄가 없어도 말이다.

이 모든 것이 탄압과 억압이 종횡하던 70년대와 80년대의 세월을 실제로 보고 피부로 겪으며 살아왔기 때문이었다.

"이, 이 천하의 죽일 놈들 같으니!"

안 집사의 말에 허탈한 표정을 짓던 정찬우가 분노를 표했다.

"안 집사님, 혹시 그때 소장품이 어떤 경로로 팔렸는지도 알아볼 수 있을까요?"

"아무래도 시간도 많이 흘렀고, 일반적인 방법으로는 조사하기 어려운 것들이라서 그건 어려울 것 같습니다."

"으음, 그렇군요."

냄새 나고 더러운 진실이 숨겨져 있을 거라 생각했지만, 혹시라는 감정이 있던 것도 사실이었다.

하지만 역시나 이런 예감은 항상 틀리지 않고 들어맞았다.

"교수님."

"예?"

"아까 봤던 유물들을 종류별로 분류하고 지금 기준으로 가치를 매겨주실 수 있을까요?"

잠시 생각하던 정찬우가 고개를 끄덕였다.

"어려운 일은 아닙니다. 그런데 혹시……."

내 눈치를 살피는 정찬우의 모습에 나는 그가 무엇을 걱정하는지를 느낄 수 있었다.

"걱정하지 않으셔도 됩니다. 해외나 장물아비 같은 사람들에게 처분할 생각은 전혀 없으니까요."

"죄, 죄송합니다. 그리고 송구하지만 한 가지만 더 묻겠습니다. 혹시 정부에 기증하실 생각을 갖고 계신 겁니까? 그리하시면, 선생님도 저와 똑같은 일을 당하실 수 있습니다."

아무래도 정훈 군이라는 표현은 입에 달라붙지 않는 모양이다.

"걱정하지 않으셔도 됩니다. 저희가 거래할 사람은 조금 특별한 사람이거든요."

"······?"

"자세한 건 조금 더 시간이 지나면 알려드리겠습니다. 그리고 두 번째 부탁은 연락처를 구해드릴 테니, 틈이 나는 대로 그 시절 정 교수님과 같은 일을 당했던 사람들을 만나 봐 주시겠습니까? 물건은 돌려받지 못하겠지만, 적어도 제대로 된 사과는 받게 해드리고 싶습니다."

"물론입니다! 연락처만 주신다면, 최선을 다해서 알아보도록 하겠습니다."

그 뒤로 정찬우에게 추가적으로 몇 가지를 더 당부하고 안 집사와 함께 잠시 산책을 하기 위해 밖으로 장소를 옮겼다.

"밤공기가 참 좋네요."

아직 완연한 여름이 오지 않아서일까?

정원처럼 꾸며진 마당에는 제법 선선한 바람이 불어오고 있었다.

"에이션트 원."

"네."

"이제 다음 계획을 여쭤봐도 되겠습니까?"

다음 계획.

지금까지 진행된 계획은 2단계까지였다.

그리고 그 이상의 계획은 아직까지는 그 누구에게도 말을 한 적이 없었다.

"안 집사님, 혹시 현 정부의 공약 중 해외로 반출된 문화재 회수에 대한 게 있었다는 것을 기억하시나요?"

"기억하고 있습니다. 그리고 현 정부는 그 공약을 이행하지 못하고 있죠."

"맞습니다. 그래서 제가 가진 저 유물들로 그 공약을 이행하는 데 도움을 주려고 합니다. 물론 공짜로 도움을 줄 생각은 없습니다."

"……?"

"사법 고시 1차 시험을 합격했으니 조만간 2차 시험을 보겠죠. 거기서 합격을 하고 3차 면접까지 통과하면, 곧장 연수원 생활을 하게 될 거구요. 그렇게 연수원을 수료하고 검사가 되어서 검찰청에 입성하면, 아마 현 대통령의 퇴임과 비슷하게 맞아 떨어지는 시기가 될 겁니다."

대한민국 대통령의 임기는 5년이다.

그리고 현 대통령인 김주훈의 임기는 이제 2년이 조금 넘은 상태였다.

따라서 별다른 일이 없다면, 내가 검사가 되는 것과 그가 퇴임하는 시기는 얼추 비슷할 것이다.

대통령 얘기가 흘러나오자 덩달아 안 집사의 표정도 진지해졌다.

"일반적으로 퇴임이 가까워진 대통령과 그 밑에 사람들은 주변 관리를 시작하죠. 정권이 바뀌는 시기가 다가오니 자신들의 허물을 덮어 새로운 정권의 화살이 자신들에게 돌아오지 않도록 말입니다. 혹은……."

"퇴임 직전까지 하나의 공적이라도 더 만들기 위해 무리해서라도 일을 추진하는 경우가 있습니다."

안 집사의 말대로였다.

시간이 흘러 대통령을 평가하는 기준이 되는 건 결국 그의 재임 시절 업적뿐이었다.

"안 집사님이 보시기에는 어떠세요? 지금의 김주훈 대통령은 과연 제가 말한 경우일까요, 아니면 안 집사님께서 말씀하신 후자일까요?"

"……지금까지의 행보를 보면 후자라고 생각됩니다. 하지만 정치인은 본래 마지막까지 가 봐야 그 속을 알 수 있는 법입니다."

안 집사의 말대로였다.

역사와 마찬가지로 정치 또한 그것이 올바른 선택이었는지에 대한 판단은 결과, 즉 시간이 지나 후대의 평가에 의해 판가름이 났다.

"저 역시 후자라고 생각됩니다. 그래서 앞으로 제 계획을 위해 김주훈 대통령과 거래를 해볼 생각입니다."

"예?"

"잠깐 걸으실까요?"

정원으로 내려와 걸음을 옮기며 말을 이었다.

"높은 성적으로 검찰청에 입성한다 하더라도, 결국 처음은 평검사일 뿐입니다. 위에서 시키면 시키는 대로, 밟으면 순순히 밟혀야겠죠. 만약 이에 대립하면, 몇 년이 지나지 않아 옷을 벗어야 할 겁니다. 뭐, 마음먹고 싸운다면 이길 수는 있겠지만 시간이 아주 오래 걸리겠죠. 들리는 얘기에 의하면 지금의 검찰은 뿌리까지 썩었다고 하니까요."

김주훈 대통령이 청와대에 입성하고 나서 한 일은 바로 전 정권이 쌓아 올린 적폐청산이었다.

오랫동안 쌓이고 쌓인 폐단을 청산하기 위해 그는 과감히 칼을 뽑아 들었다.

그로 인해 많은 성과가 있었지만, 모든 폐단의 뿌리를 뽑아내는 데는 결국 실패했다.

그 대표적인 곳이 바로 검찰이었다.

"깨끗한 물에 사는 물고기가 흙탕물에 들어가게 되면 결과는 두 가지뿐입니다. 죽거나 혹은 자신도 흙탕물을 뒤집어쓰거나. 결과를 아는데 깨끗한 물에 사는 물고기를 흙탕물에 그냥 집어넣을 순 없죠."

"그 말씀은……."

"네. 물고기가 들어가기 전에 흙탕물을 깨끗하게 정화할 생각입니다."

"……."

잠시 생각에 잠긴 듯 보였던 안 집사가 굳은 표정으로 말했다.

"공약을 달성시켜주는 대가로 과연 대통령이 검찰에게 칼을 겨누리라고 생각하십니까?"

"무리라고 생각하시나요?"

안 집사가 고개를 흔들었다.

"솔직히 말씀드리면, 모르겠습니다. 아니, 현 상황을 냉정하게 평가해보자면 힘들다고 생각되는군요. 자칫 일이 잘못될 경우 퇴임한 대통령을 향해 검찰이 칼을 겨눌 겁니다. 충분히 그러고도 남지요. 그리고 그들이 작정하고 물어뜯기 시작하면 은퇴한 대통령 하나쯤 국민들에게 죽일 놈으로 만드는 건 일도 아닙니다. 털어서 먼지 하나 나지 않는 사람은 없다, 알고 계시죠?"

틀린 소리는 아니다.

아니, 열 번 그리고 백 번 생각해도 안 집사의 말이 옳다.

하지만 한 가지 변수는 분명 존재한다.

바로 김주훈 대통령의 마음이었다.

"네, 그래도 전 한번 해볼 만하다고 생각되네요. 만약 그가 칼을 뽑지 않는다면, 적어도 저 물건들로 상처 입은 사람들의 마음이라도 회복시켜 줄 수 있을 테니 그 또한 나쁘지 않을 테고요."

물론 말과 달리 속마음마저 그런 것은 아니다.

하나로 부족하다면, 두 개로. 두 개가 부족하다면, 세 개로 김주훈 대통령의 마음을 움직일 것이다.

그렇게 하는 편이 내가 흙탕물을 정화하는 데 들어가는 고생보다는 훨씬 빠르게 깨끗한 물을 만들 수 있기 때문이다.

세상이 변하고 문화가 변하더라도 변하지 않는 것은 있기 마련이다.

그건 바로 가장 낮은 위치에서 세상을 바꾸는 것보다는 가장 높은 위치에서 세상을 바꾸는 것이 빠르다는 점이었다.

"에이션트 원의 뜻이 그렇다면 최선을 다해서 돕겠습니다."

안 집사는 고개를 끄덕였다.

만약 내가 그릇된 결정을 내리거나 고집을 부렸어도, 안 집사는 묵묵히 날 도와줄 사람이었다.

룰렛을 통해 얻은 것들 중에서 가장 큰 것은 능력도 스킬도 포인트도 아닌 바로 안 집사였다.

잠시 앞서 걷던 안 집사의 뒷모습을 바라보다가 재빨리 옆으로 다가가서는 말했다.

"항상 감사합니다. 참, 그리고 한 가지 더 드릴 말씀이 있는데 그건 안에 들어가서 얘기하시죠. 계속 나와 있으니 밤공기가 제법 차네요. 감기라도 걸리시면 안 되니까 이만 들어가시죠."

그로부터 2주 뒤.

정 교수가 유물을 분류하고 과거 문화재청에 의해 피해를 본 사람들을 만나는 사이 사법 고시 2차 시험이 다가왔다.

1차 합격의 기쁨을 제대로 누리기도 전에 2차 시험을 치르게 된 당사자들의 얼굴에는 긴장한 기색이 역력했다.

그리고 그건 나라고 해서 별반 다르지 않았다.

'2차에서도 수석으로 합격하면, 3차 면접은 무리 없이 통과라고 보면 된다. 거기에 연수원까지 좋은 성적으로 수료한다면, 서울지검에 배정받는 것도 어려운 일은 아니야.'

아무리 3차 시험이 형식적이라고는 하지만, 매년 떨어지는 사람은 존재한다.

하지만 1차 시험과 2차 시험을 수석으로 합격한 사람이 3차 시험에서 떨어진 적은 단 한 번도 없었다.

설령 인성이 좋지 않다고 해도 일단 합격을 시킬 것이다.

만약 수석 합격자를 떨어트리면, 오히려 국민과 언론이 이상하게 볼 것이 빤했기 때문이었다.

그들 입장에서는 괜스레 긁어 부스럼을 만들 이유가 없었다.

또한 검찰청이라고 해서 다 같은 검찰청이 아니었다.

졸업한 선배들이 전해 온 얘기에 따르면, 지방검찰청에 있는 검사들이 기를 쓰고 서울로 가려는 것처럼 연수원에서도 검사를 지망한 학생들은 서울중앙지검으로 가기 위해 기를 쓴다고 들었다.

'어차피 물갈이는 서울중앙지검에 한해서다.'

대한민국의 검사만 2천 명이 넘는다.

만약 거래가 성사되었을 경우 김주훈 대통령이 불도저처럼 밀어붙인다 하더라도 모조리 적폐청산을 실현하는 건 현실적으로 불가능했다.

그렇다면 가장 확실하고 강력한 영향력을 행사할 수 있는 곳을 정리해야 하는데, 그곳이 바로 서울중앙지검이었다.

'너희는 끝났다고 생각하겠지만 나는 아니야. 죄를 지었으면 벌을 받아야지. 먼지 하나 남기지 않고 깔끔하게 털어 주마.'

머릿속에 KV 그룹이 떠올랐다.

공권력과 재력, 그리고 든든한 뒷배와 능력이 합쳐진다면 상대가 10대 재벌이 아닌 재벌 할아버지라도 충분히 무너트릴 자신이 있었다.

"모두 정숙해주세요. 지금부터 제59회 사법 고시 제2차 시험을 시작하도록 하겠습니다."

사법 고시 오전과 오후로 나눠 2차 시험은 총 7개의 과목을 4일 동안 치르게 된다.

헌법, 민법, 형법, 상법, 행정법, 민사소송법, 형사소송법으로 치러지는 시험의 최종 합격 숫자는 해마다 변동이 있기는 하지만 대략 1천 명 정도였다.

그렇게 누군가에는 가벼운 도전 또 다른 누군가에는 일생일대 두 번 다시 찾아오지 않는 기회라는 생각 속에 4일이란 시간이 훌쩍 지났다.

"그만! 시험 종료하겠습니다."

감독관의 선언과 함께 마지막 과목이었던 민법의 시험이 끝났다.

"후우, 끝났네."

가벼운 한숨과 함께 시험장을 빠져나와 시간을 확인하니 오후 3시 10분이었다.

"확실히 1차 시험보다는 어려웠지만, 그래도 이 정도면 합격은 무난하겠어."

4일 동안 봤던 시험들을 떠올리며 걸음을 옮겼다.

"표정을 보니까 2차 시험도 무난히 합격인가 보군."

뒤에서 들리는 소리에 고개를 돌려보니 그곳에는 전혀 생각지도 못한 사람이 서 있었다.

"……오철중 선배?"

상대는 한 학번 위로 작년에 사법 고시에 수석 합격해서 연수원으로 들어간 오철중이었다.

"선배가 왜 여기 있습니까?"

"마치 내가 못 올 곳이라도 온 것 같은 표정인데?"

"그게 아니라 선배는 연수원으로 들어가지 않았습니까? 연수원 생활도 그리 녹록하지 않다고 들었는데, 이 시간에 이렇게 계시니 놀라는 겁니다."

일반적으로 사법 고시를 최종 합격하고 나면 끝이라고 생각하는 사람들이 많다.

하지만 정작 최종 합격을 한 사람들의 얘기를 들어보면, 연수원 생활이야말로 또 다른 경쟁의 시작이었다.

애초에 사법 고시는 자격만 있으면 누구나 응시할 수 있는 시험이었다.

그러니 어중이떠중이들도 상당수 많이 몰리기 마련이었다.

무늬만 법대생들도 한 번쯤은 도전해보는 게 바로 사법 고시이니까 말이다.

그러나 연수원은 그저 도전만 해보는 사법 고시와는 그 격이 달랐다.

이미 자격을 얻은 사람들.

적어도 그 해에 천재라고 불린 사람들끼리의 경쟁이기 때문이었다.

"바쁘기는 해도, 선배가 보자는 말을 바로 거절하는 예의 없는 후배를 볼 정도의 시간은 낼 수 있다."

일전에 오철중이 걸었던 전화의 목적은 한번 만나자는 얘기였다.

하지만 굳이 오철중과 만날 이유가 없었던 나는 고민 끝에 그 제안을 거절했었다.

"그때 일은 죄송했습니다. 하지만 저도 중요한 약속이 있었거든요."

"그래서 찾아왔다. 또 전화로 얘기하면, 이번에도 같은 이유로 거절할 것 같았거든."

"……."

대체 이유가 뭘까?

법대 내에서는 외골수로 불리기는 했지만, 누구나 인정했던 천재.

그래서 최연소 수석이란 타이틀을 거머쥐며 사법 고시에 합격한 인간이 지금에 와서 나한테 이러는 게 이해가 되지 않았다.

게다가 아직 내 뇌리에는 오철중이 내게 했던 말이 똑똑히 각인되어 있었다.

[한정훈, 더 큰 그림을 봐라. 당장 눈앞에 있는 목표만 봐서는 평생 그 언저리에서 움직일 뿐이다. 큰 그림을 보게 되면, 찾아와라.]

유명진과 윤미례가 동석했던 술자리.

그곳에서 그런 말을 남겼던 사람이 이렇게 날 찾아올 정도의 이유가 과연 뭐가 있을까?

"길가에서 이러고 있을 게 아니라. 조금 이르기는 하지만 술이나 한잔하자. 간만에 이모네 감자탕 맛이 그립네."

어느 대학교, 어느 대학로를 가더라도 술 좀 먹는다는 대학생들에게 늘 존재하는 사람.

그 사람은 바로 이모였다.

물론 그 칭하는 대상이 진짜로 자신들의 이모는 아니다.

단지 학창시절 학생들이 식당의 아주머니를 친근하게 부르는 호칭일 뿐.

인동초.

지하에 마련되어 있는 민속 주점의 문을 오철중이 앞장서서 열고 들어갔다.

그리고는 이내 카운터에 앉아 있는 중년의 아주머니를 확인하고는 싱긋 웃었다.

"이모, 안녕하세요?"

"이게 누구야! 철중 학생 아니야? 그간 잘 지냈어?"

"네, 잘 지냈습니다."

"고시 패스했다는 말은 학생들에게 들었는데. 정말 축하해. 난 철중 학생이 꼭 합격할 줄 알았다니까! 엄마가 얼마나 좋아하실까?"

"하하! 감사합니다. 이모가 해주신 감자탕 먹고 힘내서 합격한 거죠."

아주머니의 입가에 미소가 번졌다.

"말이라도 그렇게 해주니 고맙네. 참, 항상 먹던 거로 줄까?"

"네, 그걸로 주세요."

손수 물통과 물 컵을 챙겨 구석진 곳으로 자리를 잡은 오철중이 물을 따라주며 말했다.

조르르-

"여긴 처음인가?"

"네? 아, 네."

"신기하네. 법대 학생이라면 여기를 모를 리가 없는데. 가게는 좀 허름해 보여도 여기 안주가 끝내주거든."

"저희 학번은 주로 왕대포를 가서요."

"왕대포? 하긴, 거기도 맛있긴 하지. 가격이 좀 비싸서 그렇지."

가격이 비싸다는 소리에 고개를 갸웃거렸다.

내가 기억하기로 학교 인근에서 왕대포만큼 밥과 술안주
가 저렴한 곳은 없었다.

"기다려봐. 내 말이 무슨 뜻인지 곧 알게 될 테니까."

그의 말대로 잠시 기다리고 있자 곧 아주머니가 쟁반에
음식을 가득 담아 나르기 시작했다.

"술은 뭐로 줄까?"

아주머니의 물음에 오철중의 시선이 내게 향했다.

"아무거나 괜찮습니다."

"그럼, 막걸리로 주세요."

아주머니가 술을 가지러 가기 위해 잠시 자리를 비운 사이.

식탁 위에 차려진 음식들을 살펴봤다. 갓 만든 계란말이
와 파전, 각종 밑반찬은 물론 밥그릇이 넘치도록 꽉꽉 눌러
담긴 고봉밥은 양반이었다.

메인이라 할 수 있는 감자탕은 감자 뼈가 뚝배기에 산처
럼 쌓여 있었다.

"이렇게 해서 얼마일 것 같아?"

"대충 3~4만 원 하지 않을까요?"

"만 사천 원이다."

"예?"

당황스러운 게 당연했다.

최소 감자탕만 해도 만 사천 원 정도는 나갈 비주얼이었
기 때문이다.

"계란말이 3천 원, 파전 5천 원, 감자탕은 6천 원이야."

"……그렇게 팔아서 남는 게 있나요?"

"그렇게 파셔서 여기 건물도 사셨는데? 저 아주머니가 여기 건물주야."

"……."

말 그대로 대단하다는 생각밖에 들지 않았다.

그리고 한편으로는 나날이 고공행진하고 있는 물가에도 불구하고 어떻게 이렇듯 저렴하게 음식을 팔 수 있는지도 알 수 있을 것 같았다.

역시 건물주, 아니 갓물주 답이었다.

막걸리 잔에 막걸리를 가득 따라주며 오철중이 말을 이었다.

"난 중학교랑 고등학교도 이 근방에서 나와서 예전부터 여기를 자주 왔어. 내가 처음 여기 왔을 때만 해도 감자탕이 3천 원이었거든. 그때만 해도 그 돈 가지고 배터지게 먹을 수 있는 곳이 여기밖에 없었지. 실컷 먹고 남은 걸 포장해서 냄비에 덜어 놓으면, 그걸 또 어머니가 퇴근하고 오셔서 드시곤 했어. 아! 내가 얘기 안 했지? 내가 어린 시절 아버지가 돌아가셔서 줄곧 어머니랑 살았거든."

"……그러셨군요."

평소 묵묵히 공부만 하는 사람이었기 때문에 이런 사연이 있는 줄은 몰랐다.

"몇 년을 그렇게 먹으면 질릴 만도 한데. 이상하게 여기 감자탕은 질리지 않더라고. 후후."

가볍게 웃음을 흘린 오철중이 막걸리가 가득 담긴 잔을 앞으로 내밀었다.

탱—

알루미늄 잔이 맞부딪치는 소리와 함께 잔에 가득 담겨 있던 막걸리가 식탁 위로 떨어졌다.

그러나 오철중도 그렇고 나 역시 개의치 않고 곧장 잔에 담긴 막걸리를 입으로 가져갔다.

꿀꺽— 꿀꺽—

"아, 시원하다."

"맛있네요."

"그렇지? 뼈다귀 하나 뜯어. 아, 이게 살이 많네."

살이 덕지덕지 붙은 뼈다귀 하나를 내 접시 위에 올린 오철중이 이내 뼈 하나를 뚝배기에서 덜어 자신의 접시에 담았다.

그 모습을 물끄러미 바라보다가 입을 열었다.

"선배."

"응?"

"하실 말씀이 있으면, 그냥 하셔도 됩니다."

오철중이 젓가락질을 멈추고 내 얼굴을 빤히 쳐다봤다.

"그럼, 그럴까?"

탁–

손에 들고 있던 젓가락을 내려놓은 그가 날 똑바로 보며 말했다.

"우선 고생했다. 2차 시험 말이야. 내가 볼 때 너라면 좋은 성적으로 합격할 것 같다."

"너무 이른 칭찬 아닌가요? 오늘 시험이 끝났는데."

오철중이 고개를 저었다.

"1차 시험 난이도랑 네 점수 얘기 들었다. 아무리 인원을 가려내기 위한 시험이었다지만, 그 정도 실력으로 떨어질 2차 시험이라면 붙을 사람은 아무도 없을 거다. 그러니, 이르지만 축하 인사를 받을 만하다고 본다."

"그렇게 말씀하신다면, 감사합니다."

"그래서 넌 무슨 지망이냐? 검사? 판사? 아님 변호사?"

"검사입니다."

애초에 룰렛이 없을 때도 마찬가지였다.

내가 한국대학교 법학과에 진학한 이유는 검사가 되기 위해서였다.

"검사라…… 그럼 나랑 같네. 이런 질문이야말로 조금 이르기는 하지만 목표는 역시 서울이겠지?"

"네, 중앙지검을 목표로 하고 있습니다."

오철중의 입가에 미소가 생겨났다.

"그럼, 머지않아 자주 보겠네. 나 역시 그곳을 목표로

하고 있으니까. 참, 유명진 선배 이번에 국회의원 선거에
나간 건 알고 있어?"

"그런가요?"

확실히 작년에 정치권 진출을 준비하고 있다는 얘기를
하긴 했다.

유명진.

한국대학교 법학과 85학번으로 서울중앙지검 지검장을
역임.

하지만 검찰정의 썩은 부위를 도려내는 데 실패하고 변
호사로 전업, 미국에서 큰 명성을 떨치고 한국으로 귀환한
선배다.

"그래, 인지도나 지지율 측면도 나쁘지 않아서 당선이
거의 유력시되고 있다. 물론 최종 결과는 다음 주가 되어야
알 수 있겠지만."

오철중의 말대로 국회의원 선거가 이제 코앞으로 다가왔다.

그 말은 지금까지 묻어놨던 또 다른 계획을 실행할 시기
가 되었다는 소리이기도 했다.

조르르–

빈 잔에 막걸리를 채우며 오철중이 다시금 입을 열었다.

"정훈아. 난 사실 말이다, 네가 이렇게 빠르게 사법 고시
에 도전할 줄 몰랐다. 아무리 빠르더라도 20대 중반은 되
어야 가능할 줄 알았지. 그런데 지금은 뭐랄까……."

오철중이 고개를 들어 빤히 나를 쳐다봤다.

"그때랑은 느낌이 다르네. 마치 완전히 다른 사람 같아."

그럴 수밖에 없을 것이다.

1년이란 시간이 분명 적지 않은 시간이기도 했지만, 내가 겪은 1년은 보통의 사람들이 생활하는 1년과는 사뭇 달랐기 때문이다.

가볍게 입가에 미소를 머금고 입을 열었다.

"제가 선배님의 예상보다 너무 빨랐나 보네요."

오철중이 고개를 끄덕였다.

"맞아. 그냥 빠른 것이 아니라 아주 빨랐지. 당시의 너는 능력이 있다기보다는 떡잎이 보이는 후배쯤으로 생각됐거든. 운이 좋으면 5년 정도 시간이 흘렀을 때 검찰청에서 볼 수 있을 거라고 생각될 정도로 말이지."

그래도 아예 가능성이 없다고 생각하지는 않았다니, 기분이 나쁘지는 않았다.

"그런데 혹시 오늘 절 이리로 데려오신 것도 지금 하시는 얘기와 관계가 있으십니까?"

"맞아. 그날 너도 얘기 들었겠지만, 유명진 선배와 나를 비롯한 몇몇 사람들은 계획하고 있는 일이 있어. 그런데 지난 1년 동안 계획을 추진하면서 알게 됐지. 현업에서 활동하는 사람들의 힘만으로는 한계가 있다는 것을 말이야. 그래서 논의 끝에 내린 결론은 짧지 않은 시간이 걸릴 만큼 밑에서 받쳐 줄 능력과 재능 있는 친구들을 새롭게 포함시키자는 것이었어."

설명은 길었지만 요점은 간단했다.

"그럼, 오늘 절 찾아온 이유는 그 계획에 절 영입하기 위해서인가요?"

오철중이 말없이 막걸리 잔을 앞으로 내밀었다.

탱-

잔을 부딪침과 동시에 내용물을 입 안으로 단숨에 털어넣은 그가 말했다.

"갑작스러운 제안에 당황스러울 수도 있겠지만, 나를 포함한 우린 네게 능력이 있다고 판단했다. 그래서 네가 우리와 함께해주길 제안하기 위해서 내가 대표로 온 것이고 말이야."

이쯤 되니 그 계획이 궁금해지는 게 당연했다.

"……그 계획이란 게 뭡니까?"

"그건 우리와 함께하자는 제안을 받아들이면 그때 알려주마."

나는 가만히 오철중을 바라봤다.

이 사람을 처음 봤던 게 고작 1년 전이다.

그때 내가 느낀 오철중에 대한 감상은 거대한 산과 같았다.

반대로 그의 앞에 있는 나라는 존재는 한없이 작아 보였다.

그런데 지금 내 앞에 있는 오철중에게서는 그런 느낌이 전혀 들지 않았다.

평범한 인간.

단순히 원하는 바를 쫓고 이루기 위해서 달려가고 있는 한 명의 인간.

지금 내 눈에 비친 오철중은 그 이상 이하도 아니었다.

'하긴 내가 보낸 1년은 단순한 1년이 아니니까.'

1년 동안 경험한 여행이 몇 번이고 전해진 정착의 기억이 한둘이던가?

그 사람들의 기억만 합해도 짧게는 수십 년 길게는 백 년이다.

아무리 오철중이 대단한 천재라고 해도 내가 겪은 정착자들의 삶에 담긴 경험을 무시할 수 없는 노릇이었다.

또한 개중에 몇몇은 그 당시에 천재라는 소리를 듣기에 부족함이 없는 사람들이었다.

'작다. 이 사람은 이제 너무 작아.'

본인이 얘기를 꺼내지 않았지만, 지금의 나에게는 그 계획이라는 것이 무엇인지 대충 감이 잡히고 있는 상황이었다.

"풋."

그 때문일까?

나도 모르는 사이에 입가를 비집고 웃음이 흘러나왔다.

그리고 그 웃음소리를 들은 오철중의 얼굴이 굳어졌다.

"······지금 웃음은 무슨 의미지?"

그의 목소리에 노기가 서렸다. 명백한 실수이긴 하지만, 이왕지사 이렇게 된 거 다른 방도는 없다.

솔직하게 지금 심정을 털어놓는 수밖에.

"솔직히 말씀드리겠습니다. 선배님, 저 어린애 아닙니다. 다짜고짜 계획이 있다는 그 말에 함께하겠다는 약속을 어떻게 합니까? 아니, 제가 계획만 듣고 약속을 안 지키면 어떻게 합니까?"

"넌 그럴 녀석이 아니라는 걸 안다. 사람은 사람마다 풍기는 분위기라는 게 있지. 내가 볼 때 넌 스스로 뱉은 말을 가볍게 무시할 녀석이 아니야."

"좋게 봐주셔서 감사합니다. 하지만 저에 대해 잘못짚으셨네요. 전 제게 득이 되지 않는 일에는 움직일 생각이 전혀 없거든요. 그래서 단호히 말씀드리지만, 내용도 모르는 계획에 동참할 생각이 없습니다."

만약 룰렛이 없는 평범한 대학생이었던 한정훈이라면, 생각할 것도 없이 지금의 제안을 넙죽 받아들였을 것이다.

하지만 평범했던 대학생 한정훈은 지금 이 자리에 없었다.

"······."

굳어진 표정이 풀리며 대신 오철중의 얼굴에 그늘이 드리워졌다.

잠시 생각을 하던 그가 입을 열었다.

"정훈아, 나를 믿어. 그리고 함께하고 있는 유명진 선배도. 너도 그 선배를 알 테니, 아무런 이유도 없이 계획에 동참하고 있지 않다는 것쯤은 느끼고 있겠지?"

"제가 유명진 선배에 대해서 아는 것은 아주 능력이 뛰어난 저희 학교의 선배라는 것뿐입니다. 그리고 엄밀히 말하면, 유명진 선배의 계획이 아니라 선배의 계획 아닌가요? 전 그날 술자리에서 그렇게 들은 것 같은데요."

"……."

오철중이 제대로 대답을 하지 못하자 난 말을 이어나갔다.

"그리고 주제넘게 충고 하나 드리자면, 그 계획이란 거 말입니다. 이런 식으로 어디 가서 너무 쉽게 꺼내지는 마시기 바랍니다. 어느 정도 퍼즐을 맞출 수 있는 사람이라면, 단번에 그림을 알아볼 테니까요. 특히 선배랑 유명진 선배가 함께하고 있다는 사실을 아는 사람한테는 더더욱 조심하세요."

"뭐?"

당황하는 오철중의 표정.

그리고 그 속에 깃든 건 불신이다.

하지만 지금의 내게 있어 오철중은 거대한 산이라는 느낌이 사라진, 그저 경험이 부족한 이 시대의 천재 중 한 사람일 뿐이었다.

"개혁."

"……!"

"그 계획이란 거 개혁이지 않습니까? 그 개혁이 검찰청인지 국회인지 혹은 다른 것인지는 정확히 모르겠지만, 개혁을 위해서 멤버를 모으는 것쯤은 알고 있습니다. 그리고 아마 제가 알지 못하는 몇몇 사람들 중에는 재벌이라 부를 만한 돈 많은 사람도 있고 언론인도 있고 정부 쪽 인사도 있겠네요. 아닌가요?"

마치 귀신을 본 것처럼 오철중의 눈이 크게 떠졌다.

그가 더듬거리며 입을 열었다.

"너, 너 어떻게……."

역시 이 사람은 더 이상 산이 아니다.

단순히 떠보는 것만으로도 이렇듯 표정에 진실을 담을 줄이야.

"후우, 조심하세요. 아까 말했지만, 퍼즐을 잘 맞추는 사람이라면 금방 알 수 있는 그림입니다. 눈에 훤히 보인다고요."

물론 사실은 아니다.

아무리 퍼즐을 잘 맞춘다고 해도 고작 두 조각으로 열

조각의 그림을 맞출 수는 없는 법이다.

그럼 내가 어떻게 오철중의 계획을 단번에 알아챘을까?

이유는 간단하다.

내가 준비하고 있는 그림이 바로 그가 준비하는 그림과 비슷하기 때문이었다.

권력만 있다고 해서 개혁을 할 수는 없다.

돈이 많다고 해도 마찬가지이며, 명예가 있는 사람이 움직인다 한들 이 또한 마찬가지이다.

권불십년 화무십일홍(權不十年 花無十一紅)이란 고사가 괜히 생겼겠는가?

하지만 권력과 재물, 명예를 모두 가진 사람이 움직인다면 얘기는 달라진다.

정승이 움직이는 것과 거상이 움직이는 것.

그리고 선비가 움직인다 한들 왕이 움직이는 것과 비교할 수 있을까?

하나는 쉽게 잃을 수 있지만 세 가지 전부를 가진 사람이 그 모두를 잃는 것은 쉽지 않은 일이다.

이 때문에 지금의 나는 세 가지를 모두 움켜잡고 움직일 계획을 짜고 있는 것이다.

반면, 오철중은 이 모두를 가질 수 없기에 이미 하나씩 가진 사람을 모아 개혁을 준비하고 있었다.

하지만 이와 같은 방법은 끝내 실패할 수밖에 없는 방법이다.

어째서라고 묻는다면, 그 답은 지난날의 역사가 가지고 있다

조선 초기 이방원과 정도전만 봐도 알 수 있다.

그들은 함께 새로운 조선을 꿈꿨지만, 결국 이방원이 이끄는 세력에 의해 정도전은 목숨을 잃었다.

그리고 그렇게 될 것을 과연 이방원이, 그리고 정도전이 몰랐을까?

두 사람 모두 능히 한 시대를 풍미할 기세와 지략을 지닌 천재들이었다.

스스로의 최후가 어떻게 될지 짐작하지 못했을 리가 없다.

'하지만 그 또한 시대가 변하는 길이라고 생각해서 담담히 받아들였지.'

살고자 했다면, 살 수 있었다.

하지만 그렇지 않은 것은 그저 피해갈 수 없는 세상의 흐름이라 생각하고 받아들였다고밖에 생각되지 않았다.

'물론 나는 아니지만.'

만약 그런 상황이 내게 닥쳐온다면, 나는 담담히 받아들일 생각이 추호도 없었다.

"그리고 선배, 이 말씀은 하고 싶지 않았지만 아무래도 지금이 아니면 얘기할 시간이 없을 것 같네요."

"……?"

"계획에 능력과 재능 있는 친구들을 새롭게 포함시키겠다는 말이요. 그거 일을 진행함에 있어 언젠가 필요할지 모르는 희생양들을 미리 만들어 놓겠다는 거 아닙니까?"

쾅!

오철중이 탁자를 내리치며 소리쳤다.

"너, 너 그게 무슨 말이야? 지금 내가 널 희생양이나 시키려고 이런 제안을 했다고 생각하는 거야?"

"짧지 않은 계획이라고 하지 않았습니까? 그러면 일을 진행함에 있어서 실패할 경우도 생각해야죠. 그럼, 당연히 그 실패에 대해서 책임을 져야 할 사람도 있어야 하지 않을까요? 이왕이면, 처음부터 계획에 합류한 사람보다는……."

"……."

"뒤늦게 합류한 사람 중에서 나름 능력도 있고 책임을 물어도 별 탈이 없을 것 같은 사람 말이에요. 빽과 능력은 없지만, 실력 하나로 잘 나가고 있는 서울중앙지검 검사면 어떻게 그림이 좀 그려질 것 같은데요. 이거 세상 볼 줄 모르는 제가 너무 억측을 한 것일까요? 그렇다면, 고개 숙여 사과드리겠습니다."

망상? 헛소리? 그런 것이 아니다. 삼국지연의를 보면, 천재라고 불리는 제갈량도 북벌을 진행하면서 수없이 많은 실패를 겪었다.

그리고 그 와중에 아끼던 책사 마속의 목을 베었다.

마속의 능력을 생각해보면 그저 직위를 강등시키고 지금으로 치면 감봉 정도로 끝낼 수도 있는 일이었다.

하지만 제갈량은 법이라는 규율을 지키기 위해 사사로운 정을 포기해 버렸다.

현실에서도 마찬가지다.

아끼는 부하라 할지라도 상황에서 따라서 내칠 때가 있다.

이유?

당연히 주변의 시선 때문이다.

내가 이만큼 아끼는 부하에게도 칼을 겨누고 내쳤는데 당신들에게는 못하겠느냐?

오철중이 처음 내게 제안을 했을 때 내게 보인 것은 바로 이와 같은 미래의 상황이었다.

아! 물론 한 가지가 더 있긴 하다.

[미안하다. 이번 일만 네가 책임져 주면 반드시 내가 널 다시 부르마.]

영화와 드라마가 순 뻥으로만 만들어지는 게 아니었다.

"……진심으로 그런 생각을 가지고 널 만나러 온 건 아니다."

"그렇다면 사과드리겠습니다. 선배, 건방지게 굴어서 죄송합니다."

오철중이 고개를 저었다.

"아니다. 네 말을 들으니까 나 역시 실수를 한 것 같으니까."

"네?"

"뒤늦게 말해서 미안하지만, 사실 내가 널 만나러 온 건 내 의지가 아니었다. 난 아직 시기상조라고 생각하고 있었으니까. 네가 최종 합격을 하고 그때 만나도 늦지 않을 거라고 생각했다."

"그럼?"

"그래, 우리 모임에서 널 미리 만나 함께하자는 제안을 했으면 하는 사람이 있었다."

이건 뭔가 냄새가 났다.

"혹시 매해 사법고시 수석 합격자에게는 그렇게 접촉을 하나요?"

"그럴 리가. 애초에 모임이 결성된 지도 얼마 되지 않았는데."

조금 전의 일로 충격을 받은 걸까?

그간 베일에 싸여 있던 그 모임에 대한 얘기가 오철중을 통해서 어느 정도 흘러나왔다.

"음. 그분이 누구인지는 물어도 말씀 안 해 주시겠죠?"

"미안하다."

"아닙니다. 그보다 신기하네요. 그 사람이 누구이기에 선배를 시켜 저를 영입하려고 한 건지. 게다가 애초에 모임을 만든 건 선배라고 하지 않았나요?"

순간 오철중의 입가에 씁쓸함이 스쳐 지나쳐 갔다.

그 모습을 보고 있자니 뭔가 꺼림칙한 느낌이 들었다.

'설마 이 사람 자기가 모임을 만들고 허수아비로 전락한 건 아니겠지? 그것도 아니면 그날 그 자리에서 했던 말들이 모두 거짓말이던가.'

실제로 천재들 중에는 그런 사람이 꽤 있었다.

고생이란 고생은 자신이 다 하고 남만 좋은 일 시킨 바보 같은 천재들 말이다.

"……내가 만들기는 했어도 명령 체계가 있는 것은 아니니까. 우리 모임은 그저 같은 목표를 가진 사람들이 함께하는 것뿐이다."

맡았던 수상한 냄새가 조금 더 진하게 나기 시작했다.

'연수원에 있는 저 선배야 캐도 나올 게 없을 테니, 유명진 선배 그 사람 뒤를 좀 알아봐야겠는데.'

느낌이 좋지 않은데 그냥 지켜만 보고 있는 것은 바보 같은 짓이다.

만약 유명진이 예상대로 국회의원에 당선된다면, 당연히 그 모임이란 곳과 접촉을 할 게 분명했다.

'어쩌면 내가 봤던 그 그림이 이 선배의 미래가 될지도 모르겠는데.'

하지만 그렇다 해도 지금의 내가 신경 쓸 문제는 아니었다.

애초에 오철중과 유명진이 가입된 모임이 어디서부터 그 시작을 할지는 모르겠지만, 그 시작이 결코 내가 시작하려는 곳보다 높은 곳에서 시작될 수는 없다.

그렇다면, 어찌되든 상관없다.

아래에서 물이 어떻게 흐르고 있든 결국 물은 위에서 아래로 흐르기 마련이었다.

결국 고여 있는 썩은 물과 함께 새롭게 들어오려는 물 또한 함께 쓸려 갈 뿐이었다.

"음. 아무래도 분위기가 이렇게 됐으니, 술을 더 마시기에는 무리가 있겠네요. 저희가 사적인 얘기로 수다를 떨 사이도 아니고요."

아직 주전자에 막걸리는 남아 있었으나, 이미 분위기는 깨져 버린 지 오래였다.

애초에 사법 고시라는 접점이 없었으면, 오철중과 내가 만날 일도 없었을 것이다.

"선배, 이만 가보겠습니다. 다음에는 연수원에서 뵙도록 하죠."

"……미안하다."

오철중의 사과를 뒤로하고 고개를 꾸벅 숙이고는 자리에서 일어나 걸음을 옮겼다.

몇 잔 마시지는 않았지만, 술도 깰 겸 거리를 걷고 있자니 문득 한 사람이 머릿속에 떠올랐다.

"그 사람은 어떻게 지내고 있으려나?"

거대한 산과 같던 오철중이 그저 평범한 사람으로 느껴졌기 때문일까?

비슷한 시기에 내가 또 하나의 산으로 생각했던 사람이 자연스럽게 생각난 것이다.

그는 바로 손태진이었다.

내가 KV 그룹 백화점 붕괴 현장에서 도깨비 도사로 활동했다는 것을 유일하게 알고 있는 사람.

다만, 지금까지 특별한 접촉도 그리고 관심도 보내지 않았기 때문에 나 역시 특별한 접점을 만들지 않았었다.

우웅—

"응?"

때마침 날아온 한 통의 문자. 내용을 확인하고 인상을 찌푸렸다.

[한정훈 씨, 도봉구 기자입니다. 한번 만나고 싶습니다.]

용건도 없이 다짜고짜 만나자는 내용이었다.

"사법 고시 2차 시험이 끝나서 그런가?"

사법 고시 1차 수석 합격자가 제주 앞바다에서 구조 활동을 벌였던 사람이라는 사실에 인터넷에는 태풍 정도는 아니어도 강풍 정도의 바람이 불었었다.

그런 와중에 2차 시험이 끝났으니, 발 빠른 기자라면 이렇듯 인터뷰를 위해 문자를 보내는 것쯤은 새삼스러운 일도 아니었다.

우웅-

"……!"

하지만 연이어 동영상이 첨부된 문자를 받는 순간, 조금 전의 생각은 매머드 급의 태풍을 만난 듯 단숨에 날아가 버렸다.

첨부된 동영상은 다름 아닌 내가 도깨비 가면을 쓰고 KV 백화점의 붕괴 현장에서 구조 활동을 벌이고 있는 영상이었다.

꿀꺽-

순간, 머리카락이 삐죽 솟아오르고 등줄기가 서늘해졌다.

하필 이 시점에 이런 문자라니.

공교로워도 너무 공교로울 수가 없었다.

우웅-

그리고 다시 날아온 한 통의 문자.

[이제 좀 만날 생각이 듭니까? 대한 호텔 커피숍에서 오늘 오후 5시에 봅시다.]

TIME
ROULETTE
타임룰렛

Chapter 92. 접근

서울 명동에 위치한 대한 호텔.

이곳은 대한민국 최초의 6성급 호텔로, 국내를 방문한 해외의 귀빈이나 유명 연예인, 스포츠 스타가 이용할 정도로 명성이 자자했다.

미국의 오바마 전 대통령이나 일본의 아베 총리, 영국의 테라사 메이 총리 등의 귀빈이 한국에 방문했을 당시 머물렀던 곳 역시 대한 호텔이었다.

그런 만큼 대한 호텔의 시설과 입점하고 있는 매장들은 하나 같이 최고를 지향하고 있었다.

그 덕분일까?

대한 호텔 1층에 자리한 커피숍에서 판매하는 가장 저렴한 아메리카노 한 잔조차 2만 원이 훌쩍 넘는 가격을 자랑했다.

그리고 지금 내 눈앞에는 그런 커피를 무려 5잔 넘게 마신 남자가 앉아 있었다.

남자의 이름은 도봉구.

바로 내게 문자를 보낸 장본인이었다.

후릅―

"아이고. 비싼 커피라서 그런지 아주 꿀맛이네. 속도 안 쓰리고. 이거 한 잔 더 먹어도 되지?"

대답을 하기도 전에 도봉구가 손을 들어 올렸다.

그러자 커피숍 내부를 돌아다니던 직원이 재빨리 발견하고 다가왔다.

"손님, 무엇을 도와드릴까요?"

"여기 아메리카노 한 잔. 진하고 달달하게!"

불친절하기 짝이 없는 주문이었음에도 직원은 능숙하게 주문을 받았다.

"더 필요한 건 없으신가요?"

"필요하면 부르리다."

손을 휘적휘적 내저은 도봉구의 행동에 직원이 고개를 한 번 숙이고는 물러갔다.

그리고는 의자에 몸을 비스듬히 기대더니 다리를 꼬고

나를 쳐다봤다.

"와! 어리다는 건 알고 있었지만, 실제로 보니 더 젊네. 이제 22살? 아! 21살인가? 군대도 안 다녀왔으니 완전히 핏덩이네."

나는 대답을 하지 않고 그저 물끄러미 도봉구를 쳐다봤다.

그 모습에 도봉구가 키득거리며 말했다.

"에이, 그렇게 겁먹을 거 없어. 잡아먹으려고 부른 건 아니니까. 단지 음…… 하하! 이런 말을 내 입으로 하기에는 좀 그런데."

머리를 긁적거리던 도봉구가 입술을 혀로 훔쳤다.

"앞으로 서로 좀 잘 지내보자고. 거기 사법 고시 1차 수석이라며? 2차 시험도 봤고. 설마 1차 수석이 2차에서 떨어지지는 않을 테고. 그럼, 앞으로 판검사가 될 텐데. 그 뭐냐……."

"……."

"아 씨, 그러니까 일개 기자 나부랭이가 그런 사람이랑 친해지기가 쉽지 않잖아? 그러니까 그쪽이랑 나랑 지금부터 친하게 지내자고. 무슨 말인지 알지? 그쪽이 향후 검찰청에 들어갔을 때 좋은 기삿거리 있으면 알아서 재깍재깍 나한테 좀 가져다 달란 말이야. 내가 돈을 달라는 것도 아닌데 그 정도는 쉽지 않겠어? 당신도 형님으로 모실 친한 기자 한 명 생기고 말이야."

첫마디부터 개소리가 흘러나왔다.

그 개소리가 어디까지 가나 잠자코 들어보기로 했다.

"그리고 법을 전공했으니까 알고 있지? 선의로 했든 개 같은 마음으로 했든, 자격 없는 네가 현장에서 벌인 일은 불법이라는 거 말이야. 만약 이 사실이 세상에 까발려지면, 네 사법 고시 합격은 무효처리가 될걸?"

도봉구는 쉼 없이 떠들었다.

하지만 그의 말은 내 관심 밖이었다.

무서워서? 또는 겁이 나서?

말도 안 되는 소리였다.

과거였다면 모를까 지금 내 눈앞에 수십 수백 명을 죽인 살인자가 있다 한들 겁을 집어먹을 내가 아니었다.

다만 머릿속이 복잡한 건 도봉구라는 작자가 왜 하필 이 시점에 나를 찾아왔느냐는 것이다.

'대체 뭘까?'

사법 고시 2차 시험의 결과가 발표되지도 않았다.

그저 시험을 봤을 뿐이다.

만약 이런 협박을 할 것이라면, 최종 합격을 하거나 혹은 판검사 복을 입은 상태였어야 앞뒤가 맞았다.

'분명 뭔가가 더 있어.'

세상에 우연이란 존재한다.

하지만 우연이란 것이 벌어지기 위해서는 필시 계기가

있기 마련이었다.

'어지간해서는 사용하고 싶지 않았지만, 이런 사람이 상대라면 별 수 없지.'

사람에게는 별로 사용하고 싶지 않았지만, 도봉구와 같은 인간은 지금과 같은 상황에서 순순히 묻는다고 해서 답을 해 줄 인간이 아니었다.

"그게 답니까?"

"뭐?"

"당신이 날 찾아온 이유. 그게 다냐고요?"

떨떠름한 표정을 짓던 도봉구가 이내 피식 웃었다.

"하! 그럼, 뭐 다른 게 있을까 봐? 어이. 내가 한 가지 알려줄까? 내가 지금 너무 일찍 찾아와서 이상한가 본데. 협박이란 것도 말이야 때가 있는 거야. 네가 나중에 판검사되어서 콧대가 높아졌을 때 내가 찾아와서 이런 소리를 해봐. 당연히 개소리라고 생각해서 날 조지려고 들 거 아니야? 하지만 지금부터 약을 쳐놓으면 다르지. 흐흐. 네가 날조지기 전에 내가 널 먼저 박살낼 수도 있거든. 지금의 넌아직 아무것도 아닌 코흘리개 대학생이고 이 몸은 당장 내일 신문 1면에 기사를 실을 수 있는 기자니까."

쉽게 말해서 지금부터 계속 날 길들이겠다는 소리였다.

그의 입장에서는 일견 타당하다고 할 수 있지만, 아쉽게도 지금의 내 눈에는 그의 전부가 보이고 있다.

〈진실과 거짓〉

고유: Passive

등급: A

설명 : 태어나서부터 자신이 가진 돈을 노리고 접근하던 사람들로 인해 숱한 배신을 당하고 끊임없이 주변의 사람을 의심해야 했던 송지철의 고유 특기입니다.

효과: 상대의 말에 집중하고 있을 경우 진실과 거짓을 구분할 수 있습니다.

대상이 하는 말이 진실일 경우에는 몸에서 파란색의 기운이, 거짓일 경우에는 붉은색의 기운이 강합니다.

도봉구의 몸에서는 붉은 기운이 새어 나오다 못해 흘러넘치고 있었다.

"이상하네요. 그게 전부는 아닌 것 같은데."

"뭐?"

"1년 넘게 묵혀 뒀던 기삿거리를 인제 와서 폭로하겠다? 고작 앞서 말한 그런 이유로? 기자님, 내가 바보라고 생각합니까?"

"이, 이 자식이!"

"편하게 갑시다. 누굽니까?"

화를 토해 내려던 도봉구가 몸을 멈칫거렸다.

그 모습을 보며 난 말을 이어나갔다.

"누가 날 흔들어보라고 했습니까? 아니면, 한 번 찔러나 보라고 하던가요?"

손태진은 아니다.

내 머릿속에 있는 그라면, 이렇게 사람을 시키는 것이 아니라 직접 나를 만나러 왔을 것이다.

"헛소리! 그런 사람 따위는 없어. 이건 그냥 내가 단순히……."

"천만 원."

도봉구가 눈을 동그랗게 떴다.

"이 자리에서 그 사람이 누구인지 속 시원하게 말하면 천만 원 드리겠습니다."

"어린놈의 자식이 어디서 드라마를……."

"3천만 원이면 되겠습니까?"

3천만 원이라는 소리에 도봉구의 눈빛이 크게 흔들린다.

하지만 그도 잠시였다.

이내 평정을 찾은 그가 코웃음 치며 말했다.

"어린 새끼가 어디서 약을 팔아! 야! 네 아버지 고물 팔아서 생활하는 거 누가 모를 줄 알아? 그런데 3천만 원? 하! 내가 그딴 개소리를……."

탁-

그의 말이 끝나기에 앞서 휴대폰을 탁자 위에 올려놓았다.

"인터넷 뱅킹으로 바로 지금 보내드릴 수 있습니다. 3천만 원이면 되겠습니까?"

평정을 찾았던 도봉구의 눈이 다시 걷잡을 수 없이 흔들렸다.

그런 그를 향해 다시 물었다.

"3천이면 되겠습니까?"

"5, 5천!"

"5천만 원이요?"

"그래, 5천만 원 보내면 누구인지 말하겠다. 어때?"

씩-

"그 말은 결국 뒤에 누가 있다는 소리네요? 1년 동안 잠자코 있던 그쪽을 움직인 사람 말입니다."

벌떡!

"이, 이 새끼가! 지금 날 놀려? 너 내가 가진 영상이 퍼지면 사법 고시 합격 취소는 물론이고 콩밥이야! 콩밥!"

자리에서 일어난 도봉구가 날 향해 손가락질을 했다.

순간적으로 자신이 속았다고 생각한 것이다.

하지만 난 거짓말을 한 적이 없다.

"앉으세요."

"뭐?"

"앉아서 계좌번호를 불러줘야 돈을 입금할 거 아닙니까?"

꿀꺽-

침을 삼킨 도봉구가 흔들리는 눈동자로 나를 쳐다봤다.

서지도 앉지도 못한 엉거주춤한 자세로 그가 말했다.

"……정말로 5천만 원을 주겠다고?"

"농담으로 한 소리가 아닙니다."

말을 끝내고 휴대폰을 집어 들었다.

그 모습을 물끄러미 바라보던 도봉구가 입술을 지그시 깨물었다.

그리고는 이내 탁자 위에 놓아두었던 휴대폰을 챙겨 들었다.

"일단 오늘은 여기까지. 내가 다음에 다시 연락하겠다."

말을 끝낸 그는 이내 사나운 맹수에게 쫓기는 초식 동물처럼 커피숍을 빠져 나갔다.

나는 그의 뒷모습을 물끄러미 쳐다보다가 이내 소파에 몸을 기댔다.

"흠…….."

대화 내내 평온한 모습을 보이기는 했지만, 속마음마저 아무렇지도 않았던 것은 아니었다.

그만큼 도봉구가 가지고 있는 영상은 내게 치명적일 수 있는 자료가 분명했다.

하지만 그것보다 더 큰 문제는 바로 보이지 않는 상대였다.

과연 이 시점에서 저 영상을 통해 이득을 얻으려는 자가 누구인지 도무지 감이 잡히지가 않았다.

'손태진은 아니야.'

그렇다면 누가 있을까?

혹시 손태진이 당시 말했던 조중일보의 임원일까?

그때와는 달리 갑자기 사이가 나빠져서 과거의 일을 들 쑤시는 걸 수도 있다.

하지만 고작 이런 사건으로 손태진에게 큰 피해가 가지는 않을 것이다.

어찌됐든 도깨비 도사는 그가 아닌 나이기 때문이었다.

"분명 뭔가가 있는데."

다양한 정착자의 기억을 지녔음에도 머릿속에 그림이 잘 그려지지 않았다.

가지고 있는 정보가 너무 부족하기 때문이었다.

잠시 고민을 하다가 휴대폰을 집어 들었다.

사법 고시 2차 시험도 끝났으니, 오랜만에 얼굴도 볼 겸 아무래도 그에게 이번 일에 대한 도움을 요청해야 할 것 같다.

"같은 업종에 있으니 그래도 뭔가 답을 구할 수 있겠지."

휴대폰에 저장된 번호를 막 누르려던 찰나였다.

우웅—

[정찬우 교수]

"교수님? 갑자기 무슨 일이지?"

유물 분류 작업에 들어간 뒤로 어지간한 일이 아니고서는 연락을 하지 않던 정 교수였다.

재빨리 통화 버튼을 눌러 전화를 받았다.

"여보세요?"

[정훈 군, 바쁘지 않으면 급히 좀 봤으면 합니다.]

정찬우 교수의 목소리에는 꽤 다급함이 서려 있었다.

"혹시 펜션에 무슨 일이라도 생긴 건가요?"

[무슨 일이 생겼다기보다는…… 상자에서 예상하지 못한 물건이 나왔습니다.]

"예상하지 못한 물건이요?"

정 교수가 이렇게 다급하게 전화를 걸 정도의 물건이라면 필시 보통의 물건이 아닐 게 분명했다.

그리고 그 예상은 어김없이 들어맞았다.

[청나라 황제였던 건륭제의 낙인이 새겨져 있는 검입니다.]

"시발, 저 새끼 대체 뭐야? 분명 아버지가 고물 팔아서 생활한다고 들었는데. 5천만 원?"

커피숍을 빠져 나온 도봉구가 신경질 어린 표정으로 뒤를 돌아봤다.

순간적으로 허세가 아닐까 하는 생각이 들기도 했지만, 한 치의 흔들림도 없는 그 당당한 행동과 얼굴은 허세가 아님을 말하고 있었다.

자신 역시 수십 년 기자 짬밥을 날로 먹은 게 아니었다.

그렇기 때문에 일단은 현 상황을 파악하기 위해 급히 자리를 피한 것이다.

"일단 돈이라도 확인해볼 걸 그랬나?"

잠시 생각을 하던 도봉구가 고개를 저었다.

기자의 촉이 말하고 있었다.

저 어린놈은 말로 설명할 수 없는 특별한 게 있었다.

그리고 진짜 돈이 있다는 것을 봤다면, 이렇게 쉽게 나오지도 못했을 것이다.

도봉구는 자기 자신이 어떤 놈인지 잘 알고 있었다.

"아서라. 고작 5천 때문에 지금까지 날 먹여 살린 촉을 무시할 수는 없지."

처음 드론을 통해서 영상을 찍을 때도 그런 느낌을 받았지만, 실제로 만나서 대화를 하니 확실히 알 수 있었다.

겉모습과는 달리 풍기는 분위기가 지극히 위험한 놈이라는 사실을 말이다.

기자의 촉이 그렇게 말하고 있었다.

설령 지금이 아닐지라도 저 녀석은 언젠가 큰 사고를 칠 게 확실한 놈이라고 말이다.

"하아, 시발 이게 다 그년 때문이야. 괜히 그런 아이템을 가지고 와서 허파에 바람만 들었잖아."

도봉구의 머릿속에 최근 조중일보에 스카우트된 여기자가 떠올랐다.

그녀의 이름은 차혜련.

사회부 소속의 기자로 이 바닥에서는 TOP 클래스에 속하는 유명 기자였다.

그런 차혜련이 조중일보로 와서 처음 꺼낸 아이템이 바로 KV 그룹에 관한 내용이었다.

최근 KV 그룹의 심장이라 불리는 미래전략기획실에서 누군가의 뒷조사를 하고 있다는 얘기였다.

그리고 그 누군가로 추정되는 사람들의 사진 중에 도봉구가 아는 얼굴이 있었다.

바로 1년 전 KV 백화점 붕괴 현장에서 도깨비 가면을 쓰고 사람들을 구조했던 그 남자였다.

순간, 도봉구는 돈 냄새를 맡았다.

어릴 때부터 이런 쪽으로는 비상하게 촉이 발달했던 그였다.

잘만 하면, 큰돈을 만질 수 있을 거라는 생각이 직감적으로 들었다.

KV 그룹이 그 어린놈의 뒷조사를 하고 있으니, 상황을 봐서 자신이 슬쩍 한 발을 걸치고 알고 있는 것만 조금 풀어도 돈이 술술 굴러 들어올 것으로 생각했다.

뒤늦게 그 어린놈이 사법 고시를 보는 중이라는 사실을 알게 됐지만, 그래 봤자 고시생이지 아직 검사는 아니었다.

당연히 수십 년 기자 짬밥을 먹은 자신이 손쉽게 구슬릴 수 있을 것이라고 판단했었다.

하지만 실제로 만나보니 더 큰 촉이 발동했다.

얘기의 흐름을 볼 때, 자칫 잘못하다가는 자신이 좆 될 수도 있다는 아주 불길한 촉이었다.

"젠장, 그나마 다행인 건 KV 그룹 쪽과는 아직 접촉을 하지 않았다는 거지. 저놈이 나중에 괜히 앙심을 품으면, 여차하면 동영상을 뿌리면 되고. 에이, 젠장. 그냥 나중에 힘든 일 있을 때 한 번 도와달라는 용도로 써야겠네. 한 번 사는 인생. 벽에 똥칠할 때까지는 아니어도 그 비슷하게까지는 살아봐야지."

도봉구의 인생 좌우명은 굵고 짧게 가는 게 아닌 길고 가늘게 가는 것이다.

그렇기 때문에 처음 영상을 입수했을 때도 조중일보의 기자 자리와 적당한 사례금에 만족하고 딴 생각을 품지 않았었다.

만약 조금 더 욕심을 부렸다면, 더 큰 것을 받았을지도 모른다.

하지만 그러기 위해서는 당연히 그 또한 모험을 해야 했다.

모험이 실패하면? 결과는 뻔하다.

아무것도 얻지도 가지지도 못하고 그저 쫓겨나는 것이다.

"암! 송충이는 솔잎을 먹……."

퍽!

"아! 뭐야?"

갑작스레 어깨로 들이닥친 어깨 빵에 도봉구가 인상을 찌푸리며 고개를 돌렸다.

그곳에는 한낮임에도 불구하고 검은 정장을 입은 남자가 서 있었다.

스윽―

그리고 반대편에서도 그와 비슷한 검은 정장을 입은 사내가 도봉구의 옆으로 다가왔다.

꿀꺽.

직감적으로 뭔가 이상하다는 것을 느낀 도봉구가 침을 삼키며 입을 열었다.

"뭐, 뭡니까?"

"조중일보 도봉구 기자님?"

"그, 그런데요?"

절로 나오는 존댓말.

그리고 짧은 사이 도봉구의 머리는 최신형 컴퓨터마냥 맹렬하게 돌아갔다.

자신은 저들을 모르는데 상대는 자신을 알고 있다.

이것만 봐도 이들은 분명 목적을 가지고 접근한 것이 틀림없었다.

'시발, KV 그룹인가? 아니면 국장?'

한쪽은 거래를 하려고 했던 대상이고 다른 한쪽은 자신에게 영상을 대가로 지금의 자리를 마련해준 사람이었다.

'우라질. 어째 기분이 쌔하더라니까.'

속으로 자신의 촉을 믿지 않은 것을 한탄하던 도봉구가 여차하면 소리를 지르기 위해 준비하려던 찰나였다.

툭-

옆구리에서 느껴지는 감촉에 시선을 내리니 전기 충격기가 보였다.

그러자 반사작용마냥 두 다리가 후들거렸다.

사내가 자연스럽게 어깨동무를 하며 말했다.

"기자님, 그냥 몇 가지만 물어볼 테니까 서로 피곤하게 하지 맙시다."

"……당신들 누구입니까?"

"알려주면, 우리가 묻는 얘기에 순순히 말하는 겁니까?"

도봉구가 고개를 끄덕였다.

어차피 지금 상황에서 자신이 할 수 있는 것은 없었다.

그렇다면, 궁금증이라도 해결하는 것이 이득이란 생각이 들었다.

스윽―

사내가 품속에서 뭔가를 꺼내 내밀었다.

그걸 확인한 순간 도봉구의 눈이 크게 떠졌다.

사내들이 전혀 상상도 하지 못한 곳의 출신이었기 때문이었다.

"국…… 흡."

"거기까지. 진짜 몇 가지만 물어볼 테니까 조용히 갑시다."

주변의 눈치를 살피던 도봉구가 이내 고개를 끄덕였다.

그와 함께 두 명의 사내는 마치 친한 친구와 함께 걷는 사람처럼 주차장에 세워진 승합차를 향해 걸음을 옮겼다.

Chapter 93. 건륭제의 검

급히 차를 몰고 가평 펜션으로 향하니, 연락을 받은 정 교수가 마당까지 나와 기다리고 있었다.

그 주변에는 안 집사가 미리 고용한 경호 인력들이 곳곳에서 주변을 살피고 있었다.

이미 내 얼굴을 알고 있는 상태였기 때문에 그들은 날 확인함과 동시에 곧장 원위치로 돌아가서 자신들의 일을 하기 시작했다.

저벅-저벅-

"오셨습니까?"

"정 교수님, 갑자기 건륭제의 검이라니 대체 그게 무슨 소리입니까?"

건륭제.

청나라의 제6대 황제로 조부 강희제에 이어 정치, 경제, 문화적으로 청나라 최고의 전성기를 이룩하며 '강희, 건륭 시대'라는 말을 탄생시킨 황제였다.

또한 그의 재위 기간은 1735년부터 1795년으로, 1776년에서 1800년까지 조선의 임금으로 있었던 정조의 재위 기간과도 겹치는 시기가 있었다.

하지만 기록에 의하면, 재위 초기와는 달리 말년의 건륭제는 사치를 일삼고 향락에 빠져 당시 청나라의 재정을 빈궁하게 만드는 데 크게 일조했다고 한다.

"일단 안으로 들어가시죠."

정 교수를 따라 안으로 들어간 펜션의 내부에는 종류와 연도에 따라서 유물들이 질서 있게 정리가 되어 있었다.

마치 작은 박물관과 같은 모습이었다.

그중 유독 눈에 띄는 것은 탁자 위에서 하얀 보자기로 덮여 있는 물건이었다.

"혹시 저게 아까 말씀하셨던 그것인가요?"

"네, 6번째 상자에서 나온 겁니다."

스륵-

정 교수가 하얀 보자기를 들춰내자 그 속에서 나타난 것은 황금빛 자태를 뽐내는 화려한 검이었다.

검집은 물론 손잡이 전체가 금으로 되어 있으며, 엄지손가락만 한 보석들이 줄지어 박혀 있었다.

한눈에 보기에도 입이 절로 벌어질 만큼 값비싼 검임을 알 수 있었다.

"한번 꺼내보시죠."

정 교수의 권유에 조심스레 검집에서 검을 빼내 들었다.

스르릉.

수백 년이 지났지만, 듣는 것만으로도 머리가 맑아지는 청명한 소리가 거실 내부에 울려 퍼졌다.

"날이 세워져 있지 않는 가검입니다. 그리고 검신에는 글귀가 쓰여 있는데 읽으실 수 있겠습니까?"

고개를 끄덕이며 검신에 써져 있는 글귀를 읽었다.

"동형감검선(東兄感劍膳), 동쪽의 형제에게 감사의 의미로 이 검을 선물한다. 홍력(弘曆)?"

"정말 한문에도 조예가 깊으시군요."

정 교수가 놀란 표정으로 중얼거렸다.

고개를 끄덕인 뒤 홍력이라고 적힌 부분을 가리키며 말했다.

"그보다 이 홍력이라는 낙인은 뭡니까?"

"홍력은 건륭제의 본명입니다."

"그럼, 정말 이 검이 건륭제가 조선에 선물한 검이란 말입니까?"

정 교수가 고개를 끄덕이며 시선을 검으로 돌렸다.

"네, 검신의 아래 새겨진 낙인이 보이시지요? 좀 더 정확한 조사가 필요하겠지만, 중국에서 보관중인 건륭제의 유품과 비교한 결과 모양과 일치하는 것을 확인했습니다."

정확한 조사가 필요하다고는 말했지만, 정 교수의 목소리에는 확신이 서려 있었다.

"제가 중국 쪽 역사는 잘 모릅니다. 혹시 건륭제, 그가 조선과 친했습니까?"

룰렛으로 인해 공부를 하지 않은 것은 아니지만, 중국은 땅 덩어리가 큰 만큼 그 역사 또한 방대하기 짝이 없었다.

단편적인 것을 알고 있었지만, 자세한 내용은 알지 못했다.

"기록에 의하면 건륭제가 황제로 재위하던 시절 조선에 큰 호감을 가졌다고 합니다. 특히 민간에 전해진 야사에 의하면, 건륭제가 위구르를 점령한 뒤 그곳의 왕이었던 아리화탁왕의 딸 향비에게 반해 후궁으로 삼았다고 합니다. 하지만 강제로 후궁이 된 향비는 건륭제와 청나라를 몹시 싫어했지요. 어느 정도였냐 하면, 청에서 나는 식재료로 만든 음식은 입에도 대지 않을 정도였다고 합니다."

생전 처음 듣는 얘기였기에 호기심이 동했다.

"그래서요?"

"황제인 건륭제는 사람을 시켜 위구르에서 나는 식재료를 이용해 향비가 먹을 음식을 만들게 했습니다. 그곳의 요리사를 데려와서 향비의 숙수로 삼을 정도였지요."

"그 정도면, 지극정성이라고 할 수 있겠네요."

"네, 실제로 그만큼 그녀를 사랑했다고 합니다. 하지만 또 다른 기록에 의하면, 건륭제는 향비의 마음을 얻기도 전에 매일 같이 그녀를 강제로 취했다고 합니다. 그리고 사실인지는 알 수 없으나, 그 때문에 향비는 성병으로 죽었다고 전해집니다."

"……만인지상의 위치에 있었지만, 결국 한 여자의 마음은 얻지 못했군요. 아니, 애초에 그런 방법으로 여자의 마음을 얻는 게 불가능한 게 맞겠죠."

하루가 멀다 하고 금은보화와 진수성찬을 가져다준다고 한들 고국을 침범하고 강제로 자신을 범한 사내에게 마음을 열었을 리가 없었다.

"맞습니다. 그런데 향비가 딱 한 번 건륭제의 선물에 크게 기뻐했던 적이 있었습니다. 뭐, 군이 따지자면 건륭제의 선물이 아니긴 했지요. 사절단으로 방문한 조선의 사신 중 한 명이 그림에 능했는데, 향비를 보고 그 자리에서 그림을 그려 선물했다고 합니다. 선물을 받은 향비는 그 자리에서 펑펑 울고 난 뒤 크게 기뻐했습니다."

"그 그림이 뭡니까?"

궁금함에 물었지만 정 교수는 고개를 흔들었다.

"안타깝게도 그게 어떤 그림인지는 전해지지 않습니다. 애초에 이 얘기 또한 진실인지 혹은 거짓인지 알 수 없는 야사이니까요. 하지만 한 가지 추측할 수 있는 것은 향비를 그 누구보다 크게 아꼈던 건륭제라면 이 소식을 듣고 분명 사절단에게 작지 않은 포상을 내렸을 거라는 겁니다."

"그럼, 그때 조선으로 건너온 포상이란 것이 바로 이 검이란 말씀이십니까?"

"단정할 수는 없습니다. 그저 추측일 뿐이지요."

"으음."

"하지만 한 가지만은 확실합니다. 이 검이 역사에 기록되지 않은 건륭제의 유물이라는 겁니다. 그것도 감히 측정할 수 없을 정도의 가치를 지닌 유물이지요."

"그래도 굳이 액수를 정한다면요?"

돈이 중요한 것은 아니지만, 대단한 가치를 지녔다는 것을 알게 되자 가격에 대한 궁금증이 드는 것은 어쩔 수 없었다.

일반인이 유물의 가치를 분별하는 데 가장 중요하게 생각하는 것이 바로 돈이었기 때문이다.

"액수라……."

잠시 고민하던 정 교수가 입을 열었다.

"최소 수십 억, 만약 중국인을 상대로 경매에 내놓는다면 수백억도 능히 받을 수 있는 물건입니다. 보시면 아시겠지만, 황금과 용은 중국인에게 있어 최고의 상징입니다. 또 황제였던 건륭제의 검이지 않습니까? 이런 검을 집 안에 모셔 놓는 것만으로도 자신에게 엄청난 복이 들어오리라고 생각할 겁니다. 모르긴 몰라도 중국의 부호들은 눈이 뒤집혀서 구매하려고 할 겁니다."

수백억.

순간, 머릿속에 제일 먼저 든 생각은 다음번에 룰렛을 돌리면 그 장소가 중국이었으면 좋겠다는 상상이었다.

건륭제의 검과 같은 물건이 몇 개만 더 있다면, 중국을 흔들어 놓는 것도 가능하겠다는 생각이 들었다.

'음, 이 정도의 물건을 구매할 수 있는 재력을 가진 사람들이라면, 중국에서도 손에 꼽히는 부호나 권력을 지닌 자들이겠지. 지금 당장은 아니더라도 그런 자들과 인연을 만들어 놓는다면, 훗날 내가 하려는 일에 많은 도움이 될 거야.'

현대는 총성 없는 전쟁이라고 불릴 만큼 다양한 외교적 전쟁이 벌어지고 있다.

특히 한반도는 과거에도 그랬지만 현 시점에도 중국과 일본은 물론 미국의 눈치를 상당히 보고 있었다.

국가적인 개인사를 처리할 때도 세 국가에서 얽히고설킨 외교적 입장으로 인해 상당한 압력이 들어오기 때문이었다.

이는 정치에 조금이라도 관심이 있는 국민이라면 모두 아는 내용이었다.

스윽—

건륭제의 검을 손으로 쓰다듬은 뒤 정교수를 향해 시선을 돌렸다.

"교수님, 혹시 중국의 재력가 중에서 이 검에 관심을 보일 만한 사람을 찾아주실 수 있을까요?"

정 교수가 눈을 동그랗게 뜨고 물었다.

"검을 처분하실 계획이십니까?"

"네, 애초에 제 계획에 있던 유물은 아니었으니까요. 중국 쪽에 적당한 상대가 있다면, 처분을 하려고 합니다."

잠시 생각을 하던 정 교수가 입을 열었다.

"그러시군요. 그럼 경매를 알아보는 게 어떻겠습니까? 아무래도 개인과 거래하기보다는, 경매에 내놓는 쪽이 더 많은 돈을 받을 수 있을 겁니다."

중국인들은 자존심이 세다.

특히 자신의 명예와 연관되거나 혹은 원하는 것을 갖기 위해서 사용되는 돈에 대해서만큼은 어지간한 액수일지라도 눈 한 번 꿈쩍하지 않는다.

그러니 경쟁심리만 잘 부추긴다면, 건륭제의 검은 엄청난 가격에 거래될 것이 분명했다.

하지만 지금 당장 내가 원하는 것은 돈이 아니었다.

"경매는 일단 나중에 생각해보도록 하겠습니다. 우선은 구매할 만한 재력을 지닌 사람들 위주로 알아볼 수 있을까요?"

"같이 공부를 하던 친구 중에 중국에 자리를 잡고 있는 녀석이 한 명 있습니다. 사람을 만나고 인연 맺기를 좋아하던 녀석이니, 아마 부탁을 하면 재력가들을 알아봐줄 겁니다."

"다행이네요. 그럼 부탁드리겠습니다."

고개를 끄덕이던 정 교수가 뒤늦게 뭔가 생각이 난 듯 가볍게 탄성을 내뱉었다.

"아! 그리고 일전에 맡기신 서찰 말입니다."

"복원이 가능하답니까?"

정 교수가 고개를 끄덕였다.

"네, 다행히 복원은 가능하다고 합니다. 다만, 상태가 워낙 좋지 않아 대략 한 달 정도의 시간이 걸린다고 하더군요."

"후우."

절로 안도의 한숨이 흘러나왔다.

분명 그 서찰에는 내가 꼭 알아야 할 뭔가가 적혀 있는 게 틀림없었다.

내심 조마조마했었는데, 이제야 마음의 짐을 하나 내려놓는 것 같았다.

"한 달이 아니라 일 년이 걸려도 상관없습니다. 그 안에 적힌 내용만 완벽하게 복구할 수 있으면 됩니다."

"그건 걱정하지 않으셔도 됩니다. 그런데 그 친구가 일이 끝나면, 한번 뵙자고 하는데 괜찮으시겠습니까?"

어려운 부탁은 아니었기 때문에 곧장 수락을 했다.

"괜찮습니다. 일이 마무리 되면, 교수님께서 약속을 잡아주세요."

"알겠습니다."

희미하게 미소를 지은 정 교수가 고개를 끄덕이고는, 그 뒤로 현재 분류 중인 유물에 관해 몇 가지 더 얘기해줬다.

그렇게 1시간 정도 대화를 나눈 뒤 펜션 밖으로 나왔을 때는 이미 해가 떨어져 밤이 찾아온 뒤였다.

쏴아아―

"공기 좋네."

확실히 산속에 위치한 펜션이라서 그런 것일까?

불어오는 바람에 실린 산속 특유의 냄새에 머리는 물론 마음까지 깨끗하게 정화되는 것 같았다.

우웅―

"응?"

휴대폰의 진동음에 발신인을 확인해보니, 다름 아닌 최혜진이었다.

"여보세요?"

[…….]

"여보세요? 혜진아?"

[저기 정훈아…….]

휴대폰 너머에서 흘러나온 목소리에는 한껏 곤란함이 담겨 있었다.

지금까지 그녀와 꽤 여러 번 통화를 해왔지만, 지금과 같은 경우는 처음이었다.

의아함보다는 걱정스러운 마음이 드는 것은 당연했다.

"너 무슨 일 있어?"

[아니! 그런 건 아닌데. 저기 정말 미안한데, 너한테 부탁 하나만 해도 될까? 곤란하면 들어주지 않아도 괜찮아!]

"부탁? 뭔데? 무슨 부탁이기에 그렇게 다 죽어가는 목소리로 말하는 거야?"

[……다른 게 아니라 우리 부모님 좀 같이 만나주면 안 될까?]

"……?"

순간 내 귀를 의심할 수밖에 없었다.

전혀 생각지도 못한 내용이 흘러나왔기 때문이다.

"부, 부모님을 만나 달라고? 그러니까 너희 부모님?"

[후우. 그게 그러니까……. 전화로 하기는 좀 그런데, 괜찮으면 내일 잠깐 만날 수 있을까?]

부모님이라니, 오히려 큰돈을 빌려 달라는 것보다 더 난감한 부탁이 아닐 수 없었다.

'지금 상황에서 거절을 하면……'

단번에 머릿속에 펑펑 우는 최혜진의 얼굴이 떠올랐다.

"후우."

깊은 한숨이 절로 흘러나왔다.

[정훈아?]

"그래, 무슨 얘기인지는 일단 내일 만나서 듣자."

[진짜? 고마워! 정말 고마워!]

"아직 부탁을 들어준다고 하지는 않았거든? 일단 얘기를 듣고 결정할 거야."

[알았어. 그럼, 내일 봐! 좋은 꿈꾸고!]

발랄해진 최혜진의 목소리와 함께 전화를 끊고 나니 심란해진 기분이 조금은 가라앉았다.

하지만 알 수 없는 찜찜함마저 모두 사라진 것은 아니었다.

"어째 이거 느낌이 싸하단 말이야."

아무래도 그녀가 말했던 부모님이란 단어가 뇌리에서 잊히지 않았다.

꿀꺽-

초조한 얼굴로 자신의 앞에 앉아 있는 사내를 바라보던 도봉구가 몇 번을 망설이다가 어렵사리 입을 열었다.

"이, 이러는 거 불법 아닙니까? 아무리 국정원이라고 해도 민간인…… 기자를 이런 식으로 대할 수는 없습니다. 지금 당장 풀어주면, 내가 없던 일로 하겠습니다."

사내가 피식 웃으며 입을 열었다.

"그래서 양해 구했잖습니까?"

"대, 대체 무슨 양해를 구했다는 겁니까?"

"기억 안 나세요?"

도봉구가 이리저리 눈동자를 굴렸다.

그 모습에 그 맞은편에 앉아 있던 사내, 국정원 2팀 소속의 안칠중의 입꼬리가 말아 올라갔다.

"기자님, 이거 왜 이러십니까? 분명 아까 우리가 누구인지 알려주면, 몇 가지 묻는 말에 순순히 대답해주기로 하지 않았습니까?"

"그거야!"

버럭 소리를 내지르려던 도봉구가 급히 입을 다물었다.

지금 상황에서 소리를 쳐봐야 불리한 건 자신이라는 것을 알았기 때문이다.

눈치를 살피는 도봉구를 보며 안칠중이 어깨를 으쓱거렸다.

"뭐, 우리가 한 일이 잘한 일이라고 하지는 않겠습니다. 그런데 기자님도 마찬가지시던데. 조사를 해보니까 그렇게 깨끗한 사람은 아니시더라고요."

툭―

안칠중이 자신의 옆에 놓인 서류철을 도봉구 앞으로 던지듯 내밀었다.

서류철에 담긴 서류를 조심스레 살펴보던 도봉구의 눈빛이 크게 흔들렸다.

그곳에는 과거 자신이 대가성의 돈을 받고 올렸던 악의적인 기사들에 관한 내용이 빼곡하게 들어 있었다.

심지어는 너무 오래돼서 기억에 없는 기사들도 있었다.

"……."

"하하! 기자님. 국정원이 괜히 국정원이 아닙니다. 이런 건 검색 한 번으로 알아볼 수 있는 정보망이 있어요. 저희가 마음먹고 본격적으로 기자님을 털면, 한 시간도 안 돼서 사돈 팔촌이 무슨 잘못을 저지르며 살아왔는지 전부 알 수 있다고요. 아시겠습니까?"

진짜일까? 거짓일까?

도봉구는 혼란스러웠다.

그도 명색이 십년을 넘게 기자 생활을 해왔다.

국정원?

실제로 만난 적은 이번이 처음이지만, 귀동냥으로 그들과 접촉한 선후배 혹은 동료들의 얘기는 수도 없이 들어왔다.

그 때문에 한 가지는 확실히 알 수 있었다.

지금 이들이 하는 짓이 엄연히 법에 위배되는 사항이라는 것을 말이다.

하지만 안타깝게도 그것을 계속 주장하기에는 도봉구의 강단이 따라주지를 못했다.

끄덕- 끄덕-

도봉구가 희미하게 고개를 끄덕이자 지켜보던 안칠중의 입가에 슬그머니 미소가 생겨났다.

그리고 그건 두 사람이 앉아 있는 취조실 거울 너머에 있는 사람들 역시 마찬가지였다.

"안 선배는 차라리 사기꾼으로 진로를 잡았으면, 최소 경제사범 소리는 들었을 것 같네요. 상대도 산전수전 다 겪은 기자인데 너무 쉽게 요리하는 거 아니에요?"

같은 2팀 소속 최지원의 중얼거림에 도태준이 거울 너머로 보이는 도봉구를 바라보며 말했다.

"후아암. 그만큼 저 녀석이 찔리는 게 많다는 소리겠지. 그리고 국정원이 아직 살아 있다는 말 아니겠어?"

끼익-

"으차! 선배, 그건 아니죠. 아직도 인터넷에 국정원 검색하면 뭐가 제일 먼저 나오는 줄 아세요? 댓글 부대입니다. 댓글 부대!"

"정말 그놈의 댓글 부대 소리 지겨워 죽겠다니까요. 일은 엉뚱한 놈들이 저질렀는데, 왜 엄한 우리들이 욕을 먹어야 하는지."

뒷문이 열리며 들어온 사람은 김민철과 박소혜였다.

두 사람의 손에는 각기 커피와 샌드위치가 담긴 비닐봉
지가 들려 있었다.

책상 위에 손에 들고 있던 비닐봉지를 내려놓으며 김민
철이 투덜거렸다.

"내 말이! 문제를 일으킨 건 사실 4팀 새끼들이잖아? 애
초에 일을 저지른 건 그놈들인데 대체 왜 아직까지 국정원
전체가 싸잡아서 욕을 먹어야 하는 거야."

"그거야 공동체 정신…… 죄송합니다."

아무 생각 없이 입을 열던 민소혜가 도태준의 눈빛을 받
고는 곧장 고개를 숙였다.

갑자기 무거워진 분위기에 최지원이 비닐봉지에서 커피
를 꺼내 도태준에게 조심스럽게 권하며 말했다.

"그런데 선배, 정말 그 한정훈이란 사람이 뭔가 있긴 있
나 본데요? 처음에는 왜 그런 대학생을 주시하라고 한지
의문이었는데. 저런 기자까지 붙어서 접근할 정도면 뭔가
있긴 있는 거겠죠?"

후릅–

최지원이 건넨 커피를 한 모금 들이켠 도태준이 말했다.

"그래, 뭔가 있겠지. 그리고 이건 내 느낌인데 저 기자
놈. 꽤 쓸 만한 걸 가지고 있을 것 같다."

유리창 너머.

안칠중의 시선이 도봉구에게로 향했다.

"자, 도 기자님. 우리 이제 솔직하게 말해 봅시다. 그 한정훈이란 친구 왜 만난 겁니까?"

"……."

"도 기자님!"

"그, 그냥 취재였습니다."

"취재?"

도봉구가 눈동자를 굴리며 말했다.

"그…… 제주도! 그러니까 제주도 사건 기억하시죠? 영선호랑 써니호 있지 않습니까?"

"그런데요?"

"그때 그 주인공이 사법 고시를 보고 있다고 해서 취재나 해볼까 해서 만난 겁니다. 정말입니다. 믿어 주세요!"

"참."

안칠중이 헛웃음을 흘렸다.

조직에 몸담고 있으면서 항상 느끼는 거지만, 묻는 말에 대번에 진실을 말하는 사람이 없다.

그리고 그건 정말 피곤한 일이었다.

"뭐, 좋습니다. 기자니까 취재를 위해서 그럴 수 있겠네요. 그럼 잠깐 이 휴대폰 비밀번호 좀 풀어 보세요."

"예?"

"그쪽 휴대폰 비밀번호 좀 풀어 보라고요."

안칠중이 미리 압수해두었던 도봉구의 휴대폰을 내밀었다.

자신의 휴대폰을 바라보는 도봉구의 시선이 복잡 미묘하게 변했다.

당연한 얘기지만 그간 기자 활동을 하면서 이런 일이 벌어지리라고는 단 한 번도 생각해 본 적이 없다.

당연히 휴대폰에는 그의 치부라고 할 수 있는 온갖 더러운 것들이 담겨 있었다.

또르르―

만약 눈동자가 움직이는 것 또한 소리가 났다면, 분명 도봉구의 눈에서는 이런 소리가 났을 것이다.

"저 그러니까 그게 휴대폰은 좀……."

"도봉구!"

쾅!

책상을 내리친 안칠중의 입에서 기어이 분노가 터져 나왔다.

"계속 좋게 말하니까 지금 상황이 장난인 것 같아? 제대로 한 따까리 하고 얘기를 다시 해볼까? 손톱 좀 뽑고 뼈마디 좀 부러져봐야 제대로 대답하겠어?"

꿀꺽.

"푸, 풀겠습니다."

자신도 모르게 입에 고인 침을 삼킨 도봉구가 재빨리 책상 위 휴대폰을 집어 들더니 잠금장치를 해제했다.

안칠중이 그런 도봉구를 잠시 노려보더니, 휴대폰을 빼앗아 최근 SMS 기록과 사진 등을 빠르게 훑어봤다.

개중에는 절로 눈살을 찌푸리게 만드는 것들이 한두 개가 아니었다.

이를테면, 연예인이나 기업 임원들에게 보낸 협박 메시지 같은 것들이었다.

"이거 기자가 아니라 완전 쓰레기구만."

도봉구를 보며 혀를 차던 안칠중이 순간 멈칫거렸다.

전혀 생각지도 못했던 영상 하나를 발견했기 때문이었다.

"도봉구. 너 이 영상 어디서 났어?"

쾅!

문을 열고 밖으로 나온 안칠중의 모습에 커피와 샌드위치를 먹고 있던 2팀이 당황 어린 표정을 지었다.

"저기 그러니까 저희만 먹으려고 한 건 아니고요. 저쪽에 선배 샌드위치도 사놨어요."

입가에 계란 조각이 묻은 최지원이 재빨리 한쪽에 놓인 비닐봉지를 가리켰다.

"됐어. 그보다 다들 이 영상부터 봐라."

고개를 절레절레 흔든 안칠중이 도봉구의 휴대폰을 모니터와 연결한 뒤 자신이 찾은 영상을 재생시켰다.

영상에는 콘크리트 벽이 무너지기 직전 한 여성을 감싸는 소방관의 모습이 담겨 있었다.

하지만 영상을 보는 2팀은 그 다음 장면에서 숨을 멈춰야만 했다.

소방관이 여성의 몸을 감싸는 것에는 성공했지만, 그렇다한들 무너지는 엄청난 크기의 콘크리트로부터 여성을 지키기에는 무리처럼 보였다.

소방관이 입은 옷이 영화 속의 히어로 슈트가 아닌 이상, 여성이나 소방관이나 모두 콘크리트 더미에 깔려 크게 다칠 것이 분명하게 보였다.

하지만 영상에 나오는 두 사람은 지극히 멀쩡한 상태였다.

콘크리트가 두 사람을 덮치는 바로 그 순간, 또 한 명의 사람이 뛰어들었기 때문이었다.

딸칵!

순간적으로 영상을 정지시킨 안칠중이 화면에 잡힌 한 명의 인물을 펜으로 가리켰다.

펜이 가리키고 있는 인물을 확인한 2팀의 얼굴이 굳어졌다.

"……도깨비 도사?"

민소혜의 중얼거림에 도태준이 심각한 얼굴로 대답했다.

"맞아. 그리고 이건 당시 KV 백화점 붕괴 현장에서 찍힌 것 같은데."

"선배, 그때 4팀에서 저 녀석 찾는다고 난리치지 않았어요?"

김민철의 질문에 고개를 끄덕인 건 안칠중이었다.

"4팀이 전담으로 붙었지. 3개월 동안을 조사해 봤지만 결국 아무것도 찾아내지 못하고 손 털었다. 애초에 인근 CCTV는 붕괴할 당시 모두 파손되었고, 당시 같이 작업을 했던 소방관들이나 구조된 사람들 역시 저 도깨비 도사에게 워낙 호의적이어서 정보를 모으는 게 불가능했거든. 거기에 정체를 알 수 없는 외부 세력마저 개입하는 바람에 완전 새가 되어 버렸지."

"그게 모두 언론에서 도깨비 도사가 한 행동이 불법이라고 떠들어서 그래요. 자칫 말을 잘못하면, 자기를 구해준 생명의 은인을 감방에 보낼 수 있는데 누가 협조를 하겠어요?"

민소혜의 얘기에 모두들 고개를 끄덕였다.

"그런데 저 기자는 대체 어떻게 이런 영상을 찍었대요? 카메라 각도를 보면 일반 카메라로 찍은 것 같지는 않은데."

"일단 영상을 좀 더 보자."

김민철의 궁금증을 뒤로하고 안칠중이 영상을 재생시켰다.

영상에서는 콘크리트 더미를 밀쳐내며 멀쩡한 모습으로 걸어 나오는 모습이 이어져 흘러나왔다.

콘크리트 더미가 스펀지가 아닌 이상 상식적으로 있을

수 없는 일이었다.

하지만 이때까지만 해도 2팀의 마음은 놀라움은 있을지 언정 평정을 유지하고 있었다.

국정원에서 몸을 담고 이런저런 자료들을 보다 보면, 믿기 힘든 사건과 소식을 접하는 게 한두 번이 아니었다.

그러나 바로 다음 장면에서 영상을 멈추는 안칠중의 손 놀림에는 모두가 황당한 음성을 토해낼 수밖에 없었다.

"어?"

"응?"

"헐……."

민소혜, 김민철, 최지원까지 연이어 신음성을 토해냈다.

그리고 그 마지막은 바로 안칠중과 동기인 도태준의 음성이었다.

"저거 뭐야? 쟤가 왜 저기서 나와?"

영상의 마지막 장면에서 땅에 떨어진 도깨비 가면을 건네받는 사내.

그 사내는 다름 아닌 지금까지 2팀이 요주 인물로 정보를 수집해 분석하던 한정훈이었기 때문이었다.

"……설마 위에서 이미 이 사실을 알고 저희한테 조사를 하라고 했던 거예요?"

최지원의 추측에 안칠중이 고개를 흔들었다.

"그건 아닌 것 같다. 만약 그렇다면 팀장님이 분명 언질이라도 했을 거야. 4팀에서 조사할 당시에도 저 녀석에 대한 내용은 아무것도 찾지 못했던 것도 사실이고 말이야."

"그렇다면 이거 저희가 대박을 문 거 아닙니까? 잘만 하면, 4팀 녀석들한테 한 방 먹여줄 수 있겠는데요?"

팀장끼리 사이가 안 좋으니, 자연히 2팀과 4팀의 팀원들 역시 그 관계가 화기애애할 리 없었다.

"후우."

"저 바보들."

기분 좋은 상상을 하는 막내들을 보던 안칠중과 도태준이 동시에 한숨을 내쉬었다.

"선배, 왜 그러세요?"

이유를 모르는 그들 대신 안칠중이 최지원을 쳐다봤다.

"넌 지금 상황을 어떻게 보냐?"

"네? 그게 그러니까…… 음, 꼭 좋은 상황만은 아니다?"

"어째서?"

"그거야 밀착까지는 아니더라도, 일단 저희 2팀이 저 한정훈이란 남자를 감시중이지 않았습니까? 주기적으로 보고도 했고요. 그런데 인제 와서 한정훈과 작년의 그 도깨비 도사가 동일 인물이라고 보고하면, 지금까지 그 정보를 놓치고 있던 저희한테도 문책이 생기지 않을까요? 어찌됐든 4팀은 저 일에서 손을 뗀 지 1년이 넘었고 저희는 최근까지 조사를 해왔으니까요."

민소혜와 김민철이 그제야 작게 탄성을 내질렀다.

안칠중이 최지원의 어깨를 두드리며 말했다.

"그래도 그간 헛배우지는 않았네."

"헤헤."

"하지만 80점짜리 대답이야."

"네?"

칭찬은 들었지만, 80점이라는 소리에 최지원의 입술이 삐죽 내밀어졌다.

그 모습에 곰곰이 생각을 하고 있던 도태준이 혀를 차며 말을 이었다.

"내가 보기에는 70점짜리 대답이다. 아무튼 네 말대로 우린 지금까지 저 한정훈이란 녀석에 대해 여러 가지를 조사해서 위에 보고를 해왔다. 그 와중에 도깨비 도사와 관련된 건 하나도 없었지. 그런데 지금 갑자기 영상 하나를 가지고 저 녀석이 도깨비 도사라고 보고하면 위에서 뭐라고 생각하겠어? 우리가 능력이 없어서 지금까지 찾지 못했거나 또는 의도적으로 사실을 은폐했다고 생각할 수도 있다."

"그런!"

"그래, 말이 안 된다는 건 나도 안다. 하지만 원래 윗사람들이 생각하는 게 그런 이분법적인 구조야. 제때에 보고하지 않으면, 밑에 놈들이 능력이 없거나 아니면 일부러 숨겼다고 생각하지."

"······그럼 어떻게 해야 합니까?"

최지원의 물음에 도태준의 시선이 뒤쪽에 있는 파쇄기로 향했다.

안칠중 역시 잠시 같은 곳을 바라보더니 이내 책상 위에 있는 종이 뭉치를 들고 파쇄기로 걸어갔다.

"선배!"

"선배님?"

위이잉!

뒤늦게 김민철과 민소혜가 당황해서 소리쳤지만, 그때는 종이 뭉치가 파쇄기에 들어간 뒤였다.

당연하지만 그 종이 뭉치에는 지금까지 도봉구를 조사한 내용들이 기록되어 있었다.

드르륵―

도태준이 앉아 있던 자리에서 일어서며 말했다.

"일단 이 내용은 나랑 필중이가 들어가서 팀장님에게 구두로 보고한다. 그 외의 자료는 모두 폐기해. 서류가 됐든 영상이 됐든 전부 말이야. 알았지?"

"알겠습니다. 그럼, 저 기자는 어떻게 할까요?"

최지원의 질문에 모두의 시선이 유리창 너머에서 안절부절 못하고 있는 도봉구에게로 향했다.

연신 손톱을 깨물고 있는 그의 모습은 한눈에 보기에도 불안해 보였다.

안칠중이 도태준을 쳐다보자 그가 고개를 흔들었다. 전하고자 뜻은 명확했다.

"……일단은 저 상태로 두고 지켜봐. 앞으로 어떻게 해야 할지 팀장님께 물어볼 테니까."

Chapter 94. 여자친구

처음 만남을 강남에서 시작했기 때문일까?

최혜진과의 약속 장소는 언제나 늘 그렇듯 강남역 인근에서 잡혔다.

왁자지껄-

강남역 인근 비너스 카페.

신사동 가로수 길에 위치한 유명 카페의 디자인을 본떠 1층과 2층은 물론 3층까지 개방형으로 만든 이 카페는 최근 강남역의 핫 플레이스로 떠오르며 많은 젊은이들의 사랑을 한 몸에 받고 있었다.

"일찍 왔네?"

오후 2시에 만나기로 하고 약속 시간 10분 전에 도착했음에도, 최혜진은 이미 카페에 자리를 잡고 앉아 있었다.

　"왔어?"

　환하게 웃는 최혜진을 보니, 가슴 한쪽에 두근거림이 일었다.

　화장을 한 듯 안 한 듯 청순한 모습에 허리까지 내려오는 검은 머리카락.

　푸른 빛깔의 원피스와 소소한 액세서리는 평소 만나던 스타일과는 달랐지만, 오히려 지금의 모습이 그녀의 모습을 더 빛나게 해줬다.

　그 때문일까?

　카페 곳곳에서 그녀를 힐끔힐끔 쳐다보는 시선들이 꽤 있었다.

　'이럴 줄 알았으면, 나도 신경 좀 쓰고 나올 걸 그랬나? 괜히 미안하네.'

　현재 내 복장은 간단한 티셔츠에 추리닝 차림이었다.

　최근 들어 계속 정장을 입고 다녔기 때문에 오늘만큼은 가벼운 복장으로 나온 것이다.

　"커피 마실래? 내가 살게."

　"괜찮아. 그보다 정말 무슨 일 있는 거 아니야? 어제 부탁이 있다고 했지?"

　"응……."

최혜진이 곤란한 표정으로 고개를 끄덕이며 앞에 놓인 커피의 빨대를 입에 물었다.

　그 모습을 보고 있자니, 답답한 마음이 치밀어 올랐다.

　매사 당당하고 씩씩하던 친구가 풀이 한껏 죽어 있으니, 어찌 그렇지 않을까?

　"무슨 부탁인지는 몰라도 그냥 속 시원하게 말해봐. 너답지 않게 이게 뭐냐? 돈이 필요한 거야? 아니면 사고를 쳐서 그런 거야?"

　"넌 나를 어떻게 생각해?"

　"……뭐?"

　갑작스러운 질문에 순간 대답할 말을 잃었다.

　이렇게 갑자기 훅 들어오는 질문이라니?

　만약 입에 음료라도 머금고 있었다면, 곧장 입 밖으로 쏟아내고 말았을 것이다.

　"있잖아. 정훈아. 너…… 내 남자친구 해주면 안 될까?"

　"잠깐만. 잠깐 진정하자. 지금 이게 무슨 아침 드라마 반전 신도 아니고 갑자기 남자 친구를 해달라니? 너 정말 아무런 일도 없는 거야?"

　"……"

　"최혜진!"

　"그게 그러니까 사실은……."

망설이던 최혜진이 이내 한숨을 푹 내쉬고는 말을 이어 갔다.

"후우. 너 우리 아버지 알지?"

"너희 아버지? 공무원이라고 하셨지?"

"맞아. 정확히는 2급 공무원이셔."

"2급이라, 높으시네."

2급이면 고위직 공무원이라고 하기에 부족함이 없었다.

경찰공무원으로 치면 치안감, 군인으로 치면 준장이 2급 공무원에 속했기 때문이다.

"우리 아버지가 조금 고지식하시거든. 그래서 그런지 모르겠는데, 이번에 진급 심사에서 떨어지셨어. 그 고지식한 성격이 문제였지. 듣기로는 올해가 마지막 기회라고 하셨는데."

"음."

"문제는 아버지 정년이 얼마 남지 않아서 그런지, 졸지에 나 시집보내기 대작전이 시작됐다는 거야."

"시집? 야 무슨…… 우리 이제 21살이야."

시대가 바뀌면서 여성들이 시집을 가는 나이 또한 점차 늦어지고 있는 추세였다.

최근에는 30세가 넘어서 시집을 가는 여성의 숫자 또한 상당했다.

최혜진이 씁쓸한 표정을 지었다.

"나도 알지. 우리 부모님도 알고. 그런데 공무원이란 게 그런 게 아닌가봐. 예전이면 2급 공무원이 정년퇴임을 해도 사람들이 문 밖에서 끊이질 않았다고 하는데, 이제는 퇴임 날짜가 잡히면 뒷방 늙은이 취급을 당한대."

2급 공무원은 분명 고위직 공무원이다.

하지만 그렇다고 해서 1급, 차관, 장관급의 공무원과는 행세할 수 있는 영향력의 크기가 다를 수밖에 없었다.

"그래서 그런지 우리 아버지는 자기가 은퇴하기 전에 내가 좋은 집안과 연결되어서 빨리 시집을 갔으면 하시나봐. 덕분에 얼마 전부터 계속 맞선 자리를 가지고 오시는데…… 아버지 심정은 알지만, 정말 미쳐버리겠다니까."

"그것 참……."

당장이라도 눈물을 펑펑 흘릴 것 같은 최혜진의 표정을 보니, 뭐라고 말을 해야 할지 난감하기 짝이 없었다.

"……그래서 정훈아. 부탁인데 네가 내 남자 친구 역할 좀 해주면 안 될까? 우리 부모님 만나서 결혼 전제로 진지하게 만나고 있다는 얘기만 해주면 돼."

"부모님께 거짓말을 하자고?"

"……."

최혜진이 물끄러미 나를 쳐다봤다.

"그럼, 어떻게 해? 이대로 계속 선이나 보다가 정말 시집이라도 가? 넌 내가 그래도 진짜 아무런 상관없어?"

"그건……."

이상했다.

분명 예전이었다면, 그게 나랑 무슨 상관이냐고 한마디를 했을 것이다.

우린 친구 사이가 아니었냐는 말과 함께 말이다.

하지만 지금의 나는 그 말을 할 수가 없었다.

어째서일까?

'설마 내가 혜진이를 좋아하나?'

확실히 그녀와의 지난 시간을 돌이켜보면, 친구사이라고 하기에는 애매하고 그렇다고 연인 사이라고 하기에도 모호한 시간들을 보냈었다.

웅-

[만약 그녀가 네 곁에 없어도 아무렇지도 않은지 그것만 생각해봐라.]

그러다 문득 머릿속에 울리듯 떠오른 하나의 상념에 정신이 번쩍 들었다.

다른 건 몰라도 분명 이 자리에서 최혜진을 보낸다면 후회할 것이라는 생각이 들었다.

아니, 이건 거의 확신에 가까웠다.

'이렇게 보내면 안 돼.'

평상시라면, 갑작스레 떠오른 상념에 대한 고민부터 하겠지만 지금은 아니었다.

111

정신을 차린 내 눈 앞에는 한껏 실망 어린 표정으로 막 자리에서 일어나려는 최혜진의 모습이 보였다.

"이런 식은 원하던 게 아니었는데."

"응?"

"만나자."

"어?"

"날 잡아서 부모님 뵙자고."

최혜진이 반색한 표정으로 자리에 앉으며 말했다.

"저, 정말이야?"

"응. 하지만 그렇다고 부모님께 거짓말을 하는 건 아닌 것 같아."

"⋯⋯?"

"그러니까 우리 오늘부터 사귀자. 그럼, 거짓말이 아닌 거잖아?"

"너, 너⋯⋯."

눈을 동그랗게 뜬 최혜진이 입을 벌린 상태로 어버버거렸다.

"나중 일은 모르니까. 일단은 만나서 서로 사귀고 있다는 것만 말씀드리는 거야. 너 혹시 내가 싫은 건 아니지?"

"바, 바보야 그럴 리가 없잖아! 아, 아니 그게 그러니까⋯⋯ 씨잉."

"다행이네. 지금과 같은 상황에서 네가 거절하면, 엄청 쪽팔릴 뻔했는데."

눈가에 살짝 물기가 묻어 있던 최혜진이 피식 거리며 말했다.

"치. 그럼 거짓말이라도 한 번 튕길 걸 그랬네. 두 번 다시 오지 않을 기회였는데."

미소를 되찾은 최혜진의 얼굴을 보니 마음 한편이 편해졌다.

사실 내가 정말 그녀를 좋아하고 있는지는 지금도 잘 모르겠다.

하지만 이대로 최혜진을 볼 수 없다고 생각하니 마음이 아팠고, 그녀가 웃는 모습을 보니 그 아픔이 전부 사라졌다.

지금은 그저 그것만으로도 충분히 만족할 수가 있었다.

"저기 정훈아. 그럼 말 나온 김에 당장 이번 주 주말로 약속 잡아도 될까? 사실 아버지가 이번 주에도 억지로 맞선 자리를 잡아놨거든."

"그래? 그럼 그렇게 하자. 대신 처음 뵙는 거니까 장소는 내가 잡도록 할게. 아버님이 어떤 음식을 좋아하셔? 한식? 중식? 일식?"

"우리 아버지는 완전 한식 사랑이야."

"OK. 접수 완료."

"그럼, 나 잠깐 전화 좀 하고 올게."

최혜진이 휴대폰을 들고 자리를 비운 사이 나 역시 호주머니에서 휴대폰을 꺼냈다.

"한식이라."

검색어에 한식당을 검색하자 수십 개에 이르는 사이트와 블로그 후기가 줄지어 보였다.

"여기 괜찮은 것 같은데?"

그중 꽤 고급스러워 보이는 사진이 올라온 블로그를 선택해봤다.

[역삼동 산내음 한식당 추천합니다!]

이번 주에 부모님 생신 기념으로 역삼동에 새로 생긴 산내음 한식당을 방문했어요.

외관이 마치 전주 한옥마을에 있는 기와집을 보는 것처럼 생겼죠?

하지만 안은 현대식으로 아주 깔끔하답니다. 산내음 한식당은 외관과 별관으로 나눠져 있는데, 별관은 전부 룸으로 되어 있어요. 저희는 미리 예약을 해서 별관으로 배정받았습니다.

별관의 가운데에는 연못이 있어서 운치를 느끼기에도 참 좋아요.

밥 먹고 연못을 보며 후식으로 나온 국화차를 마시니,

마치 조선 시대의 왕비가 된 것 같은 기분이 들었어요.

산내음 한식당은 크게 3가지 코스로 되어 있어요.

산내음 별식, 산내음 정식, 산내음 특식인데 저희는 부모님 생신인 만큼 무리해서 산내음 특식으로 주문했답니다. 산내음 특식 코스는 아래 사진으로 보이는 것처럼……]

스크롤을 쭉 내려서 후기를 읽다가 이내 뒤로 가기 버튼을 눌렀다.

음식 사진에 하나에 이모티콘 하나는 그렇다고 해도 전체적인 메뉴의 구성이 한정식이라고 하기에는 무리가 있었다.

깐풍기나 초밥과 같은 구성은 어찌됐든 전통 한식과는 거리가 멀었으니까 말이다.

"하긴 애초에 지금 유행하는 한정식은 본래 전통 한식과 차이가 있으니깐."

유명 요리 평론가가 TV에 출현해서 언급한 적이 있다.

현재 우후죽순 퍼져 있는 한식당의 한정식은 본래 기생집에서 술안주로 내오던 것에서 시작됐다는 얘기였다.

실제로 궁중에서 임금이 먹던 수라만 해도 음식이 차려진 상이 시간을 두고 차례차례 들어오는 경우는 없었다.

12첩으로 해서 3개의 상이 한 번에 올라왔으며, 수라를 물린 뒤 올리는 것은 후식으로 이뤄진 상차림이었다.

반면, 기생집에서 내오는 음식은 안주의 역할을 했기 때문에 지금의 한정식과 같이 시간을 두고 계속해서 음식들이 들어오는 구조였다.

"으음. 대부분 거기서 거기네."

몇 개의 블로그를 더 살펴봤지만, 처음 봤던 블로그의 내용과는 크게 다른 게 없었다.

"어쩔 수 없네."

결국, 지금과 같은 상황에서 제대로 된 답을 줄 수 있는 사람은 한 명뿐이었다.

우웅―

[네, 에이션트 원.]

"안 집사님. 갑자기 이런 걸 여쭤봐서 죄송한데, 혹시 괜찮은 한정식 좀 추천해주실 수 있나요?"

아무래도 오랜 기간 기업을 이끌고 있는 수장이니, 일 때문에 알고 지내는 한식당 하나쯤은 있을 것이다.

[흐음, 한식당이라. 혹시 어떤 자리인지 여쭤 봐도 되겠습니까? 또래의 친구 분들과 즐기기 위해서 가시는 것이라면…….]

순간 나도 모르게 영화의 한 장면이 떠오르면서, 정신이 번쩍 들었다.

"아닙니다! 어른! 어른들하고 갈 겁니다."

[그러시군요. 그렇다면, 대림정(大林亭)이 괜찮을 것

같습니다.]

"대림정이요?"

[네, 조선시대 고종 임금의 숙수였던 분의 후손이 주방장으로 있는 곳입니다. 그 덕분인지 음식이 아주 정갈하고 깔끔해서 어른들과 드시기에는 나쁘지 않을 겁니다. 이름에서 알 수 있듯 숲에 둘러싸여 있어서 공기도 좋고 운치 또한 괜찮습니다.]

안 집사의 설명을 들으니, 이번 식사 장소로는 더없이 괜찮을 것 같았다.

"그럼, 그곳으로 이번 주 토요일 오후 6시에 4명 정도 예약을 부탁드려도 될까요?"

[알겠습니다. 제가 준비하도록 하죠.]

"안 집사님, 매번 감사합니다."

[하하! 별말씀을요. 모쪼록 좋은 시간 보내시기 바랍니다. 그럼.]

안 집사님과의 전화 통화를 끝낼 때쯤 밖에 나갔던 최혜진 역시 안으로 들어왔다. 그녀의 얼굴은 붉게 상기되어 있었다.

"통화는 잘 끝났어?"

"으응."

"대답은 전혀 아닌데?"

최혜진이 고개를 절레절레 흔들며 남아 있던 커피를 빨대로 쭉 들이켰다.

쭈읍-

"후우. 말도 마. 남자친구가 생겨서 이번 주 선을 못 보겠다고 하니까 처음에는 엄청 화를 내시더니, 내가 이번 주 주말에 널 보여주겠다고 하니까 갑자기 질문 공세를 퍼부으시더라고. 뭐 하는 녀석이냐, 나이는 몇이냐부터 시작해서 숨 쉴 틈도 안 주고 이것저것 묻기 시작하시는데, 정말 등에서 땀이 줄줄 흐르더라니까."

최혜진은 답답하다는 듯 말했지만, 부모의 심정이라면 자식이 데려올 사람에 대해서 궁금해하는 게 당연한 일이었다.

"그래서 다 말씀드렸어?"

"아니! 직접 보고 판단하라고 했지. 미리 말해주면, 우리 아버지 또 이것저것 알아보고 난리칠 게 분명하니까."

하긴 2급 공무원 정도의 인맥이라면, 어지간한 사람에 대한 신상 정보는 손쉽게 알아볼 수 있을 것이다.

물론 그 어지간한 정보라는 건 대외적으로 알려진 내 정보 역시 마찬가지였다.

우웅-

때마침 문자 한 통이 도착해서 확인하니, 안 집사가 보낸 메시지였다.

[토요일 오후 6시 4명으로 예약해뒀습니다.]

입가에 가볍게 미소를 지었다.

"식당은 내가 예약했으니까, 토요일에 내가 보내주는 주소로 부모님과 함께 오면 될 거야."

"벌써?"

"미적지근하게 굴면 여자 친구를 만든 지 하루 만에 또 맞선 보러 간다는 얘기를 들어야 할 테니까."

"내, 내가 보고 싶어서 본 거 아니라니까!"

"누가 뭐래? 근데 이번 주에 보기로 한 사람은 어떤 사람이었어?"

문득 치밀어 오른 궁금증에 질문을 던지자 최혜진이 입술을 쭉 내밀었다.

"의사."

"의사?"

"그래, 무슨 병원이라고 했더라? 아무튼 아버지가 알 만한 병원의 병원장이고, 내가 만나기로 한 사람도 이제 막 전문의를 땄대. 근데 나이가 있지, 31살이래! 31살! 내가 지금 21살인데! 아무리 그래도 너무한 거 아냐?"

"그래도 31살에 전문의면, 그거 엄청 엘리트인데?"

전문의가 되기 위해서는 군대 문제를 제외하고도 의대 6년, 인턴 1년, 레지던트 4년 등 총 11년의 시간을 보내야 한다.

다시 말해서 상대는 대학교 입학 이후 단 한 번의 휴학이나 유급 없이 다이렉트로 전문의를 땄다는 소리였다.

"야! 엘리트면 뭐해! 나이가 10살이나 차이 나는데. 뭐, 서로 좋아하면 나이야 상관없겠지만, 선으로 만나서 그러는 건 아니잖아? 게다가 진짜 천재는 내 앞에 있는걸?"

"응?"

"한정훈! 내 남친 말이야. 넌 고작 21살에 사시 패스 했잖아?"

"……아직 결과는 1차밖에 안 나왔는데?"

"그래서 2차 떨어질 것 같아?"

"아니."

물어보나마나 무의미한 질문이었다.

애초에 자신이 없었다.

시험에 떨어질 자신이 말이다.

최혜진이 배시시 웃었다.

"그것 봐! 진짜 천재가 내 앞에 있는데. 나이도 훨씬 젊고 몸매도 좋고 얼굴도 잘 생겼고. 헤헤."

갑자기 비행기를 태워주니, 손발이 오글거렸지만 그래도 뭐 기분은 나쁘지 않았다.

한편 같은 시각.

경기도청 이사관실.

딸아이의 느닷없는 남친 선언을 받은 최인환을 헛웃음을 흘릴 수밖에 없었다.

"……남자 친구가 생겼다고?"

분명 며칠 전까지만 해도 남자 친구의 남자 얘기도 꺼내지 못하던 딸아이였다.

그런데 불과 일주일도 안 돼서 남자 친구가 생겼다고 하니 기가 막힐 노릇이었다.

"그렇게 선을 보는 게 싫었나?"

하긴 이해는 간다.

최인환 자신도 금이야 옥이야 키운 딸아이를 이렇게 빨리 시집보내고픈 마음은 없었다.

딸아이 보내는 길 누구보다 꽃길을 걷게 해주고 싶은 것은 세상 모든 아버지의 마음일 것이다.

하지만 마지막 기회라고 할 수 있는 이번 진급 기회에서 떨어지니, 자연스레 마음이 급해질 수밖에 없었다.

"이럴 줄 알았으면, 나도 진즉 남들 다 만들어 놓는 끈이나 만들어 놓을 걸 그랬나."

최인환이 자신의 책상 위에 올려놓은 거울을 쳐다봤다.

항시 스스로 젊다고 느꼈는데, 거울에 비친 주름살 가득한 얼굴을 보니 할아버지가 따로 없었다.

"후우."

예전이면, 1급이나 2급 공무원은 은퇴 즉시 대기업의 임원자리가 보장되었다.

은퇴를 해도 그만한 영향력을 정계에 행사할 수 있기 때문이었다.

하지만 그것도 지금은 옛말이다.

고위직 법관들이야 과거나 지금이나 당연시하게 대기업의 임원자리를 보장받았지만, 일반 행정 공무원은 아니었다.

자칫 발을 잘못 올렸다가는 언론의 표적이 되어서 집중 포화를 당하기 십상이었다.

특히 그저 묵묵히 자신의 길만 걸어온 공무원 같은 경우가 더욱 그러했다.

마땅한 줄도 없고 재력도 많지 않으니, 표적이 된다 한들 뒷말이 없기 때문이었다.

최인환 역시 그러한 광경을 숱하게 듣고 직접 목격해 왔다.

그 때문에 아직 자신이 어느 정도 힘이 있을 때 딸인 최혜진을 시집보내려는 것이다.

지금에야 유명 기업의 아들이니 병원장의 자식이니 맞선이 들어오겠지만, 앞으로 1~2년만 지나도 그런 자리들은 거짓말처럼 사라질 것이다.

"후우. 아무래도 맞선 자리가 많이 부담이 되어서 급히 남자 친구를 만든 것 같은데, 나가서 잘 말해줘야겠군. 그래야 이런 일이 또 생기지 않을 테니."

마음을 정한 최인환이 휴대폰을 꺼내 들었다.

본래 약속되었던 맞선 자리를 그 다음날로 미루기 위해서였다.

우웅―

"응?"

막 도착한 메시지의 내용을 확인해보니, 발신인은 딸인 최혜진이었다.

[아빠! 이번 주 토요일 6시까지 여기에 적힌 곳으로 오시면 돼요! 늦으면 절대~ 안 돼요!]

"대림정? 이름을 보면 한식당인 것 같은데. 처음 들어보는 곳인 걸 보니, 어디 일반 프렌차이즈 식당인가 보군."

공직 생활을 오래하다 보니, 최인환 역시 원하든 원하지 않든 꽤 많은 한식당을 가봤다.

하지만 대림정이란 상호는 한 번도 들어본 적이 없었다.

"그래도 혹시 모르니."

최인환이 옆에 켜져 있는 PC로 시선을 옮기고는 인터넷에 한식당 대림정을 검색해봤다.

[검색 결과가 없습니다.]

한식당이라는 단어를 빼고 검색을 하니, 중국집부터 시작해서 다양한 상호의 가게들이 줄지어 흘러나왔다.

그것을 본 최인환이 눈살을 찌푸리고는 이내 인터넷을 껐다.

혹시나 했던 기대감이 일말에 사라지는 순간이었다.

"얼른 차 원장한테 전화를 해야……."

똑– 똑–

"이사관님, 부지사님 오셨습니다."

휴대폰을 만지던 최인환이 급히 자리에서 일어났다.

"들어오시라고 하게."

대답이 흘러나옴과 동시에 문이 열리며 앞머리가 시원하게 벗겨진 중년인이 들어왔다.

그는 1급 공무원이자 경기도청의 부지사인 김석현이었다.

"부지사님, 오셨습니까?"

"날씨가 좋아서 차나 한 잔 하자고 왔네. 그렇게 서 있지 말고 자리에 앉지."

자연스레 상석에 앉은 김석현이 손짓으로 최인환이 앉을 자리를 가리켰다.

최인환이 자리에 앉아 김석현이 미소를 지으며 말했다.

"차는 내가 들어오면서 부탁해놨네. 국화차가 좋은 게 들어와서 말이야."

"국화차 좋지요."

최인환이 고개를 끄덕이며 웃음을 흘렸다.

물론 국화차가 좋다는 말은 빈말이었다.

그가 제일 좋아하는 건 커피였고 즐겨먹는 건 아이스 아메리카노였으니까 말이다.

하지만 이 정도야 수십 년 공직자 생활을 해온 최인환이 아닌 이제 막 사회에 발을 디딘 신입사원도 알 수 있는 눈치였다.

"참, 그나저나 자네 딸아이가 이번 주 주말에 차 원장 둘째랑 선을 본다지?"

최인환이 속으로 쓴웃음을 삼켰다.

'그럼, 그렇지. 그것 때문에 왔군.'

하긴 애초에 차를 마실 것이었으면, 자기 자리로 불렀지 이리 직접 찾아오지는 않았을 것이다.

최인환이 속으로 숨을 고른 뒤 재빨리 웃는 미소를 지으며 말했다.

"하하! 소문이 벌써 그렇게 퍼졌습니까? 제가 차 원장 병원에서 줄곧 건강검진을 받아 왔지 않습니까? 어쩌다 보니 자식 얘기가 나오는 바람에 이렇게 선까지 보게 됐습니다."

"쯧쯧. 어디 건강검진이이야 자네만 거기서 받았나? 나도 그렇고 도지사님께서도 매년 그곳에서 받았는데, 차 원장 그 사람도 너무하는군. 찬물도 위아래가 있지 않은가?"

김석현의 쓴소리에 최인환의 머릿속에 경종이 울렸다.

뜬금없이 거론한 도지사와 속담에 관한 얘기.

분명 김석현이 아무런 의미 없이 꺼냈을 리가 없다.

그러다 문득 떠오르는 것이 있던 최인환이 설마 하는 심정으로 운을 띄웠다.

"……혹시 해외에 있다던 도시자님의 따님이 귀국하셨습니까?"

"응? 자네 몰랐나? 저번 달에 들어왔다네. 그 때문에 도지사님 속이 말이 아니야. 우리끼리 얘기지만, 딸아이가 워낙 사고뭉치이지 않나? 해외에 보낸 것도 정신 좀 차리라고 보낸 건데, 별 소득이 없었던 모양이네."

"음."

"그래서 그런지 도지사님이 이번에는 아예 시집보낼 생각을 하시더군. 아무래도 결혼을 하면 좀 괜찮아지지 않을까 하는 생각에서 말이야. 그래서 주변에 괜찮은 맞선 자리가 없나 알아보는 중이라네."

김석현의 대답에는 모든 답이 들어 있었다.

'하긴 차 원장 쪽이라면 도지사 입장에서는 너무 과하지도 그렇다고 부족하지도 않은 적당한 집안이지.'

물끄러미 자신을 바라보는 김석현을 보니 최인환은 배알이 절로 뒤틀림을 느꼈다.

하지만 고지식하게 달려온 공직자의 길 끝에 무엇이 있는지는 얼마 전 절실하게 깨달았었다.

그 바보 같은 실수를 또 하고 싶지는 않았다.

적어도 자신의 자식이 부끄럼 없이 결혼을 하기 전까지는 말이다.

"……이런, 그런 일이라면 며칠 있다가 차 원장 쪽에

연락을 넣어 보시는 게 어떻겠습니까?"

"어째서?"

김석현이 흥미가 동한 표정으로 최인환을 쳐다봤다.

"아버지 된 입장으로 부끄러운 말이기는 하지만, 맞선 자리를 잡아 놓았더니 갑자기 딸아이가 남자 친구가 생겼다고 소개를 시켜주겠다지 뭡니까? 말도 안 되는 일이라고 화를 내기는 했지만, 자식 이기는 부모가 세상에 어디 있겠습니까? 차 원장에게 사과를 하고 이번 선은 없던 일로 하려던 참이었습니다."

"그, 그래? 이것 참. 하긴 자식 이기는 부모가 없지. 딸아이 때문에 자네 상심이 참 크겠네. 모처럼 들어온 좋은 자리였을 텐데."

"별 수 있나요. 또 좋은 기회가 있겠죠."

"하하! 그래, 분명 또 좋은 기회가 있을 게야."

만족스럽다는 듯 웃는 김석현의 모습에 최인환은 속에서 복장이 터질 것 같았다.

하지만 얼굴에는 여전히 미소를 유지했다.

"그래서 그 딸 남자 친구는 뭐하는 친구라던가? 자네 딸이 학생이니 대학생?"

최인환이 고개를 흔들었다.

"저도 잘 모르겠습니다. 갑자기 통보하듯 연락을 받은 거라. 그래도 뭐 형식은 다하려는지 식당을 예약했다고 알려주더군요. 대림정이라더나."

멈칫.

순간 얼굴만면에 미소를 짓고 있던 김석현이 당황한 표정으로 최인환을 쳐다봤다.

"대림정?"

"왜 그러십니까?"

"아니 그게…… 음, 혹시 어디에 있는 식당인지 물어도 되겠는가?"

"인터넷으로 검색이 안 되더군요. 주소를 보내왔던데, 잠시만 기다리십쇼."

휴대폰을 꺼내 메시지를 확인한 최인환이 입을 열었다.

"종로에 있군요."

"종로?"

"네, 왜 그러십니까?"

"종로 대림정이라…… 설마 진짜 그곳은 아니겠지? 아무렴, 그럴 리가 있나."

생각지도 못한 김석현의 반응에 최인환이 조심스럽게 물었다.

"혹시 아시는 집입니까?"

김석현이 고개를 저었다.

"안다고 하기에는 애매하군. 나도 가본 적은 없으니까.

하지만 재계의 이름난 회장들이나 국회의원 혹은 장관들이 가끔 종로의 대림정에서 식사를 한다는 얘기를 들은 적이 있다네. 음식 맛은 끝내주는데 예약 절차가 워낙 까다로워서 일반 사람들은 방문하기가 거의 불가능하다고 하더군. 음식 값도 굉장히 비싸고 말이야."

"그, 그렇습니까?"

최인환의 머릿속에 설마 하는 생각이 들었지만, 잠시뿐이었다.

'그냥 이름이 같은 곳이겠지. 요새 같은 상호를 가진 식당이 한두 개이던가.'

1급 공무원인 김석현도 풍문으로만 들어본 식당.

재계의 회장이나 장관급들이 방문하는 곳을 예약할 정도의 능력을 지녔다면, 딸아이가 지금까지 남자 친구의 존재를 자신에게 속였을 리 없었다.

그리고 당연한 얘기이지만 최인환 자신이 굳이 나서서 맞선 자리 등을 만들지도 않았을 것이다.

"뭐, 아마 이름이 비슷한 곳이겠지. 요새는 같은 이름의 식당이 워낙 많지 않은가?"

"그렇겠지요. 저도 그럴 거라 생각은 하고 있습니다."

"아무튼 알았네. 그럼, 난 이만 가보겠네."

"예? 아직 차가 안 나왔지 않습니까?"

"응? 차라니?"

김석현이 무슨 소리냐는 표정을 짓자 최인환이 작게 한숨을 쉬며 말했다.

"국화차 말입니다. 부지사님께서 들어오시기 전에 시키셨다는."

"아! 국화차. 그냥 자네가 두 잔 다 마시게나. 몸에 좋은 거니까. 내가 급한 일이 있는 걸 깜빡해서 말이야. 그럼, 고생하게. 다음에 술이나 한잔하고."

일말의 미련도 두지 않고 방을 벗어나는 김석현의 뒷모습을 보며 최인환이 혀를 쳤다.

분명 도지사를 만나 자신과 차 원장과의 선 자리가 깨졌다는 것을 말하러 가는 것일 것이다.

"욕심만 많은 늙은이 같으니. 그나저나 대림정이라……."

지금까지 단 한 번도 자신을 실망시킨 적도 없었고, 언제나 놀라움만 주는 딸아이였다.

그래서일까?

말도 안 된다는 생각인지는 알지만, 어쩐지 최인환의 마음 한구석에서는 혹시 하는 생각과 함께 묘한 기대감이 생겨났다.

TIME ROULETTE
타임룰렛

Chapter 95. 북경의 밤

"아이고! 아침부터 무슨 날씨가 이렇게 덥나. 죽겠다. 죽 겠어."

북경 왕푸징.

작은 골동품점을 운영하는 홍동춘은 아침부터 지속되는 후덥지근한 열기에 쉼 없이 부채질을 하며 불평불만을 늘어놓았다.

그 모습에 가게 안의 골동품들을 천으로 닦고 있던 사내가 얼굴을 일그러트렸다.

그는 올해 26살로 북경에 유학중인 홍동춘의 조카 홍영환이었다.

방학을 맞이해서 아르바이트를 위해 삼촌 가게를 찾았는
데, 일이 힘든 것보다는 더위 때문에 죽을 맛이었다.

　"삼촌! 진짜 오늘 같은 날은 에어컨 좀 켜죠? 저거 장식
은 아니잖아요? 진짜 오늘 같은 날씨에 에어컨 안 켰다가
는 사람 쓰러진다고요."

　"더우면 냉장고에서 물 꺼내 먹어라. 시원하다."

　"아! 진짜! 삼촌 전기세 그거 얼마나 한다고!"

　"이놈아! 땅을 파봐라. 중국 땅에서 동전 하나 나오나.
그래도 밤이 되면 좀 선선하니까 그때까지 참아."

　홍동춘의 얘기에 홍영환이 어이없는 표정으로 가게의 시
계를 쳐다봤다.

　현재 시각 오전 11시.

　밤이 되려면, 최소 7시간은 더 있어야 했다.

　모르긴 몰라도 그 시간이 되면, 가만히 있어도 더위 때문
에 녹초가 되어 버리고 말 것이다.

　"진짜 현대판 자린고비가 따로 없다니까."

　"불평 그만하고 얼른 청소나 마저 하고 쉬어 이놈아. 오
늘은 뭐라도 좀 팔아야 할 텐데."

　연신 부채를 부치며 홍동춘이 가게의 문을 쳐다봤다.

　밖의 행인들은 가게에 눈길 한 번 주지 않고 제 갈 길을
가고 있었다.

　"에잉."

착잡한 마음에 홍동춘이 더 신경질적으로 부채를 흔들어 댈 때였다.

문자왔숑~

2000년에나 유행했을 법한 메시지 알림음이 홍동춘의 호주머니에서 흘러나왔다.

"어디보자. 누가 또 문자를…… 응?"

발신인을 확인한 홍동춘의 입가에 미소가 걸렸다.

"이 인간이 웬일이래. 화병 나서 벌써 저 세상에 간 줄 알았는데 아직 살아 있었네?"

홍동춘이 느릿느릿 문자 메시지를 작성해서 발신인에게 답장을 보냈다.

그러자 불과 몇 분도 되지 않아 전화가 걸려 왔다.

"얼씨구? 국제 전화까지?"

살짝 놀란 표정을 짓던 홍동춘이 곧장 통화 버튼을 눌렀다.

"어이, 정 교수. 아직 살아 있었나?"

홍동춘에게 연락을 건 사람은 다름 아닌 정찬우 교수였다.

[건강히 아주 잘 살고 있네. 자네는 어떤가? 아직도 중국에서 재미 좀 보며 살고 있는가?]

"재미는 무슨. 그것도 옛날 일이지. 요새는 파리만 날리고 있네. 물건이라도 좀 있어야 어떻게든 해보겠는데, 요새는 순 사기꾼 놈들밖에 없어서 말이야. 봐서 싹 정리하고 한국으로 들어갈까 고민 중이야."

[흐음, 그 정도인가?]

"뭐, 그렇지. 그보다 어쩐 일로 이렇게 전화를 다 했나? 동문 중에 누가 죽기라도 했어?"

나이가 나이다 보니 오랜만에 오는 연락이라고는 죄다 경조사와 관련된 것들밖에 없었다.

[그런 건 아니고. 자네 예전에 잘 나갈 때 맺었던 인연들 아직 살아 있나?]

"인연? 물건 사던 중국 부호들 말인가? 잠깐, 이것 봐라. 자네답지 않게 국제전화까지 걸어서 이런 걸 다 묻는 걸 보니, 뭔가 있나 보군. 자네, 뭘 구했나?"

살아온 세월이 있고 업계에 몸담고 있는 시간이 있다 보니, 홍동춘은 단번에 정찬우의 목적을 알아차렸다.

[맞네. 꽤 대단한 물건을 구했지. 물론 내가 구한 건 아니고 난 대리일 뿐이라네.]

"그 일 이후 방구석에만 박혀 있던 자네를 움직이게 한 걸 보면, 그 대리인이라는 사람 대단한 사람인가 보군."

[하하! 자네도 보면 아주 깜짝 놀랄 걸세. 암, 놀랄 수밖에 없지.]

정찬우는 대상의 나이를 생각해서 한 말이지만, 정작 통화를 하는 홍동춘에게는 다른 의미로 들렸다.

'어느 재벌가 회장이라도 되는 건가?'

서로 다른 생각을 하는 것도 잠시, 홍동춘이 먼저 말을 이었다.

"예전만큼은 아니지만, 그래도 아직까지 연락을 취할 법
한 부호들이 제법 있네. 내가 중국에서 그간 쌓은 콴시가
그리 가벼운 것은 아니거든. 어때? 답변이 됐나?"

[알겠네. 그럼, 내가 물건과 관련된 사진을 메일로 보내
줄 테니까 자네 주소 좀 알려주게.]

"가게 주소?"

[아니! 메일 주소 말이네.]

"아! 메일."

머리를 긁적거리던 홍동춘이 투덜거리며, 고개를 돌렸다.

한쪽에서 골동품을 닦고 있는 홍영환의 모습이 들어왔
다.

"영환아!"

"⋯⋯왜요?"

"너 이리 와서 그 메일 주소 좀 불러봐라."

"네?"

"당장 와서 메일 주소 좀 불러보라니까!"

삼촌과 비슷한 자세로 머리를 긁적거리던 홍영환이 이내
걸어오더니 휴대폰에 대고 자신의 메일 주소를 불렀다.

"다 받아 적었나?"

[받아 적었네. 곧장 사진들을 보내 줄 테니까 확인하고
답장 주게.]

"알았네. 그럼 나중에 통화하세."

통화를 끝낸 홍동춘이 재빨리 앉은 자리에서 일어나 컴퓨터 앞으로 걸어갔다.

10년도 더 된 컴퓨터지만, 조카인 홍영황이 인터넷 검색을 이용하는 것 말고는 쓸 일이 없기 때문에 불편한 점은 없었다.

목에 걸어두었던 안경을 착용한 홍동춘이 손짓으로 홍영환을 불렀다.

"아까 그 불러준 메일 주소로 들어가서 새로 뭐 온 게 없나 확인해 봐."

"진짜 내가 무슨 비서도 아니고……."

투덜거린 홍영환이 자신의 메일로 로그인했다.

그러자 새로운 메일 한 통이 와 있었다.

첨부된 파일을 다운받은 홍영환이 마우스를 넘기며 말했다.

"사진 볼 줄은 아시죠?"

"이놈아! 삼촌이 컴맹인 줄 알아?"

손짓으로 홍영환을 물린 홍동춘이 조심스레 정찬우가 보낸 사진들을 살펴보기 시작했다.

"이건?"

눈동자가 튀어나올 듯이 커진 홍동춘이 안경을 치켜 올렸다.

모니터에는 오색찬란하다는 표현이 부족할 정도로 화려한 검의 사진이 있었다.

"우와! 삼촌, 이거 뭐예요? 때깔 한번 장난 아닌데요? 설마 저거 진짜 금이랑 보석이에요?"

뒤쪽에 서서 모니터를 힐끗 쳐다보던 홍영환이 탄성을 내질렀다.

젊은 그가 보기에도 모니터에 비친 검은 화려함의 극치를 달리고 있었다.

"그래, 아마 진짜 금이랑 보석일 게다. 흐음, 그나저나 모양새를 보니 청나라 시대에 만들어진 검인 것 같은데……."

비록 지금은 중국에서 작은 골동품점을 운영하고 있는 홍동춘이었지만, 불과 10년 전만 해도 중국에서 알아주는 유물 거래상이었다.

한국에서 고고학을 전공한 그는 중국의 문화재에 관심이 많았다.

특히 지금 시대에 맞게 유물의 가치를 책정하는 것을 즐겼는데, 이를 좀 더 배우고자 학교를 졸업함과 동시에 북경대학교 대학원 고고문학과 박사과정에 입학했다.

이후 우수한 성적으로 대학원을 졸업한 그는 중국 각지를 돌며 저렴한 가격으로 유물들을 매입한 뒤, 그 수집한 유물에 나름의 역사와 스토리를 부여해서 부호들에게 팔아 넘기며 한때는 큰돈을 벌기도 했었다.

"응? 이게 무슨 소리야. 이 검이 건륭제의 검이라고?"

사진을 유심히 살피느라 미처 정찬운이 남긴 각주를 확인하지 못했던 홍동춘이 크게 놀라며 사진을 확대했다.

그러자 검에 새겨진 홍력이라는 글자가 뚜렷하게 보였다.

"지, 진짜군. 홍력이라니……."

"홍력? 삼촌, 그게 뭐예요?"

홍영환이 고개를 갸웃거리며 물었다.

"청나라 6대 황제였던 건륭제의 본명이다."

"헐, 그럼 저 검이 황제의 검이라는 소리예요? 대박! 완전 대박 사건!"

홍영환이 놀란 듯 감탄사를 내질렀지만, 홍동춘의 놀라움과 비교할 정도는 아니었다.

지난 수십 년 동안 중국 각지를 돌며 유물을 찾아 다녔지만, 그 역시 상태가 이토록 깔끔한 황제의 물건은 본 적이 없었다.

"이 친구 대체 이런 물건을 어디서 구한 거야?"

"저기 삼촌 저거 진짜면 얼마나 할까요? 못해도 몇 억은 하겠죠? 혹시 10억?"

"만약 저게 정말 진품이라면……."

"진품이라면요?"

"최소 백억은 거뜬할 게다."

"컥! 백, 백억이요?"

입을 떡하고 벌린 홍영환이 이내 입가에 흐르려는 침을 닦아내며 말했다.

"삼촌, 제가 잘 모른다고 지금 저 놀리는 거죠? 황제의 검이라고 해도 그렇지, 무슨 검이 백억이나 해요?"

"쯧쯧. 이놈아! 너 세계에서 가장 비싼 그림이 얼마인지 알고나 있느냐?"

갑작스러운 그림 얘기에 잠시 고민하던 홍영환이 홍동춘의 눈치를 보며 말했다.

"갑자기 이런 얘기를 꺼내신 거 보면, 가격이 쌀 리는 없고. 음, 한 50억? 아니 100억?"

"한심하긴. 자그마치 2,000억이다! 피카소의 작품인 알제의 여인들이 1,967억에 낙찰됐다."

"미친!"

삼촌 앞이라는 사실도 잊은 홍영환이 욕설을 내뱉었다.

그만큼 상상을 초월할 정도로 엄청난 액수였던 것이다.

"그게 말이 돼요? 아니, 살아생전 피카소도 그만한 돈은 만져보지 못했을 텐데. 진짜 저승에서 기가 막히겠네."

"쯧쯧. 유물이란 말이다, 단순히 오래되고 보존 상태가 깨끗하다고 해서 비싼 게 아니다. 스토리가 들어 있느냐 아니냐에 따라서 가격은 천차만별로 달라진다."

"스토리요?"

골동품점에서 일을 하고 있다고 해서 그 물건들까지 관심이 있던 것은 아니었다.

하지만 삼촌인 홍동춘의 입에서 흥미로운 얘기가 흘러나오자 홍영환의 눈이 반짝거렸다.

"그래, 스토리. 그런 의미에서 알제의 여인들이란 작품은 충분히 스토리가 담겨 있었지. 한평생 끊임없이 여성에 대한 관심을 놓은 적이 없는 피카소가 무려 일흔 다섯의 나이에 자신의 모든 것을 집대성해서 완성시킨 작품이 바로 알제의 여인들이니까."

홍동춘의 설명에 홍영환이 고개를 끄덕였다.

"그렇게 듣고 보니까 엄청난 작품 같네요."

"미술품뿐만이 아니란다. 그 무엇이 됐든 역사가 있고 스토리가 있다면, 그 가치는 찾는 사람들로 하여금 10배, 100배는 물론 1,000배까지 뛰어오르기 마련이야."

"그럼, 삼촌 가게에 있는 골동품들도 모두 스토리가 있어요?"

"있는 것도 있고 없는 것도 있지."

"네?"

"쯧쯧. 가게의 물건이 수십 개인데 모두 스토리가 있으면, 그게 특별해 보이겠냐? 설령 있다고 해도 괜찮은 놈을 팔려면, 있는 스토리도 감춰야지."

"아하! 그럼, 저 검도 그런 스토리가 있을까요?"

홍영환의 물음에 홍동춘이 고개를 끄덕였다.

"이제부터 자세히 확인해 봐야겠지. 하지만 한눈에 보기에도 검에 새겨진 글귀가 예사롭지 않은 것을 봐서 분명 사연이 있을 게다. 그리고 그 사연이 어떤 사연이냐에 따라서……."

"그 가격은 10배 100배는 물론 1,000배까지 오를 수 있다고요?"

씩-

홍동춘의 입가에 만족스러운 미소가 걸렸다.

"그래, 바로 그런 거지. 오늘 장사는 그만 해야겠다. 가서 가게 문 잠그고……."

"잠그고요?"

"에어컨이나 시원하게 켜고 넌 그 매일 하는 휴대폰이나 하면서 놀려무나."

"예스!"

뜬금없는 포상에 얼굴이 활짝 핀 홍영환이 재빨리 가게 문을 잠그러 뛰어갔다.

그 모습을 잠시 바라보던 홍동춘이 이내 시선을 다시 모니터로 돌렸다.

그의 눈은 그 어느 때보다 초롱초롱하게 빛나고 있었다.

Chapter 96. 대림정

종로 대림정.

걸에서 보기에는 그저 높은 담벼락이 드리워진 커다란 집과 같아 보이지만, 실상 그 내부를 본 사람은 감탄을 금치 못한다.

도심 한복판에 이런 곳이 있을까 싶을 정도로 대나무 숲에 둘러싸인 한옥이 고풍스러운 멋을 뽐냈기 때문이다.

미식가로도 유명한 고종 황제를 모셨던 숙수의 후손이 운영하는 대림정은 일반인에게는 잘 알려지지 않았다.

하지만 대림정이 영업을 시작한 세월은 무려 70년.

역사라고 말해도 부족하지 않을 정도의 시간이었다.

본래 고종 황제가 사망하고 난 뒤 은퇴한 궁의 숙수가 지인들에게 하나둘 궁의 요리를 해주던 것을, 당시 요리를 배운 그의 아들이 본격적으로 음식을 팔기 시작한 것이 대림정의 시작이었다.

물론 그때만 해도 일반인들이 함부로 궁의 음식을 먹을 수 없었기 때문에, 오로지 자격이 있는 사람들에게만 허락된 곳이었다.

하지만 세월이 흐르며, 그 자격이란 것이 사람의 됨됨이나 인성과 같은 부분은 배제되고 오로지 돈과 권력, 명예에 의해서만 결정이 되었다.

그 덕분에 지금의 대림정은 철저하게 회원제로만 운영하고 회원의 추천이 있는 사람일 경우에만 그 음식을 맛볼 수 있는 곳으로 변질되었다.

그럼에도 불구하고 그 음식의 맛은 내로라하는 요리사들의 메인 요리보다 뛰어났기 때문에 이곳을 다녀간 사람들은 대림정의 숙수야말로 대한민국 최고의 요리사라고 일컫는 것을 주저하지 않았다.

[목적지까지 1KM 직진입니다.]

내비게이션의 목소리에 운전대를 잡고 있던 최인환이 룸미러로 슬쩍 뒤를 바라보며 입을 열었다.

"어떤 사람인지 정말 말해주지 않을 생각이니?"

뒷좌석에 앉은 최혜진이 괜스레 시선을 창밖으로 돌리며 말했다.

"어차피 조금 있으면 만날 텐데요. 그냥 가서 아빠가 직접 보세요."

"어허! 보는 건 그렇다고 해도 사전에 간단한 정보는 미리 알려줘야 아버지도 실수를 하지 않을 것 아니냐? 아버지가 네 남자친구 보고 대뜸 고등학교는 졸업했냐고 물어보면 좋겠더냐?"

최인환의 목소리에는 살짝 화가 담겨 있었다.

부모와 자식 사이에 양보라고 말하기는 그렇지만, 최인환은 오늘 자리를 위해서 최혜진에 꽤 많은 것을 양보했다고 생각하기 때문이었다.

"그래, 네 아버지 말씀도 일리가 있어. 대체 어떤 사람이니? 어떤 사람이기에 우리 딸이 이렇게 먼저 나서서 소개를 해준다는 건지 엄마도 궁금해 죽겠다."

보조석에 앉은 어머니, 강혜정마저 그렇게 말하자 최혜진이 창밖으로 돌렸던 시선을 원위치 시켰다.

"음…… 일단은 학생이에요."

"학생?"

학생이라는 소리에 최인환의 목소리에는 조금 전보다 강한 불만이 서렸다.

그것을 알아차린 강혜정이 나직한 목소리로 말했다.

"여보!"

"크흠. 그래, 다니는 학교는 어디고?"

학벌.

지금 시대에는 크게 중요하지 않은 것이라고는 하지만 그건 어디까지나 세상과 정면으로 싸워보지 않은 사람들의 얘기였다.

세상과 쉼 없이 부딪치고 싸운 사람들은 이 대한민국을 살아감에 있어서 학벌이 갖는 의미가 얼마나 중요한지를 잘 알고 있다.

특히 자신과 같은 부모 세대들에게 있어 학벌은 그 나이 대의 사람을 판별할 수 있는 중요한 가치 중의 하나이기도 했다.

양 볼을 부풀렸던 최혜진이 한숨을 푹 내쉬며 말했다.

"후우, 이름은 한정훈. 한국대학교에 다니고 있어. 나이는 올해 21살에 2학년이고 법학과예요."

"어머! 한국대학교면 명문이잖니? 거기에 법대라면, 학창 시절에 공부를 잘했나 보구나."

한국대학교라는 소리에 강혜정의 입가에 미소가 서렸다.

그녀가 생각했던 것보다 훨씬 명문이었던 것이다.

하지만 정작 최인환의 표정은 처음과 마찬가지로 굳어진 상태였다.

"21살? 그럼, 아직 군대도 다녀오지 않았겠구나. 더군다나 법학과이면……. 크흠. 조만간 사법 고시도 폐지될 전망인데. 쯧쯧. 법대를 들어갈 머리로 차라리 의대나 약대를 갔으면 좋았을 것을. 한국대학교 법대나 의대나 커트라인이 비슷한 것으로 알고 있는데."

행정직 공무원, 그것도 고위직인 만큼 최인환은 현재 대한민국이 어떤 흐름으로 돌아가는지 잘 알고 있었다.

사법 고시는 앞으로 아무리 길게 잡아줘도 5년.

빠르면 2~3년 안에 폐지될 가능성이 농후했다.

최인환이 무슨 뜻으로 말하는지를 눈치 챈 최혜진이 입술을 쭉 내밀었다.

"괜한 걱정할 필요 없으시거든요."

"네 남자 친구 일이니 걱정 안 한다. 다만, 열심히 하지 않으면 사법 고시를 보기도 전에 끝이 날 테니 공부가 부족해도 시험은 매번 도전해보라고 하려무나. 시험이란 게 본디 운이 따라주면, 실력이 부족해도 붙을 수 있는 법이다."

애초에 최인환은 식사 자리에서 별다른 말을 하지 않을 생각이었다.

그저 딸아이에게 앞으로 이런 자리는 한 번이면 족하다는 것을 보이고 아버지가 네 뜻을 존중해준 만큼 너 역시 아비의 뜻을 존중하기 바란다는 마음으로 나선 것이다.

최혜진이 입술을 삐죽 내밀며 말했다.

"후우. 내가 말하는 게 좀 그래서 입을 다물고 있으려고 했는데, 아빠가 정훈이를 너무 무시하는 것 같으니까 이건 말해야겠네요. 정훈이 이미 사법 고시 1차 합격했어요."

"응?"

최인환은 놀랐고 강혜정은 반색하며 물었다.

당연한 얘기지만, 명문대 법대생과 사시 1차 합격자는 느낌이 전혀 다르게 다가올 수밖에 없었다.

"정말? 어쩜! 여보, 21살에 1차 합격이면 엄청 대단한 거 아니에요?"

"……뭐, 그렇긴 하지. 하지만 1차 시험을 합격하고도 평생 거기에서 머무르는 게 사법 고시잖소? 괜히 고시라는 이름이 붙었을까."

"하긴……."

납득한다는 듯 강혜정이 고개를 끄덕였다.

하지만 그걸 그대로 보고 있을 최혜진이 아니었다.

"흥, 1차를 수석으로 합격했거든요! 그리고 이미 2차도 봤는데. 합격할 것 같다고 했어요. 3차는 사상이 불순하지 않으면, 거의 100%로 합격이라면서요?"

"수, 수석? 1차에서 수석을 했단 말이냐?"

"헤헤. 좀 대단하죠?"

평상시라면, 벌써부터 남자친구 자랑에 빠진 최혜진의 모습에 아버지로서 질투가 났을 것이다.

하지만 그보다 최인환은 1차 수석이라는 말에 속으로 크게 놀랄 수밖에 없었다.

'흐음, 1차를 수석으로 합격했다면, 어지간해서는 2차도 붙는다는 얘기인데. 설사 이번에 떨어진다고 해도 내년에 다시 2차를 도전하면 될 노릇이고. 거기에 명문인 한국대학교 출신이니, 이끌어 줄 선배들도 많이 있겠지.'

최혜진의 말대로, 3차 같은 경우야 인성에 문제만 없다면 대부분 합격이라는 게 기정사실이었다.

뿐만 아니라 한국대학교 출신이라는 것 역시 크게 도움이 될 것이다.

괜히 한국대학교 법대가 명문이 아니었다.

그만큼 법조계에 한국대학교 출신이 많았기 때문이었다.

"흠흠. 그래, 나이가 21살이라고?"

한결 부드러워진 최인환의 목소리에 최혜진이 고개를 끄덕였다.

"대단하죠?"

"그 나이에 확실히 대단하긴 하구나. 그래, 부모님께서는 무슨 일을 하시고?"

"그게……."

최인환의 입장에서는 일반적인 질문이었지만, 최혜진의 입장에서는 그렇지 않았다.

생각해보니 지금까지 한정훈의 부모님이 무슨 일을 하는

지 물어본 적이 없던 것이다.

'내가 너무 무관심했나? 그러고 보니 고등학교 때 부모님이 슈퍼를 한다는 얘기를 들었던 것 같긴 한데.'

최혜진이 과거의 기억을 애써 끄집어내려던 찰나였다.

"혜진아!"

"응?"

"무슨 생각을 그렇게 하니? 도착했으니까 이제 내리렴."

잠깐 생각을 하는 사이 차량은 어느새 목적지에 도착해 있었다.

차에서 내리니 사람 키보다 두 배는 될 법한 돌담이 제일 먼저 시선에 들어왔다.

그리고 그 중심에는 사극에서나 볼 것 같은 커다란 문이 있었으며, 그 옆에는 대림정이라 적힌 현판이 걸려 있었다.

"종로에 이런 곳이 있는 줄은 몰랐구나."

"그러게요. 그래도 종로에는 자주 온 것 같은데 저도 처음 보네요. 그나저나 이런 곳은 가격이 꽤 나가겠죠?"

"겉모습만 보고 판단할 수 없지만, 아무래도 그렇지 않을까?"

최인환의 머릿속에 김석현이 했던 얘기가 떠올랐다.

[안다고 하기에는 애매하군. 나도 가 본 적은 없으니까. 하지만 재계의 이름난 회장들이나 국회의원 혹은 장관들이

가끔 종로의 대림정에서 식사를 한다는 얘기를 들은 적이 있다네. 음식 맛은 끝내주는데 워낙 예약 절차가 까다로워서 일반 사람들은 방문하기가 거의 불가능하다고 하더군. 음식 값도 굉장히 비싸고 말이야.]

"이거 갈수록 더 궁금해지네요. 우리 혜진이 남자 친구 말이에요."

주변을 둘러본 강혜정이 놀라움이 가득 담긴 어조로 중얼거렸다.

끼익―

그때 커다란 문이 열리며 개량 한복을 입은 남녀가 안에서 걸어 나왔다.

외모가 뛰어난 것은 아니었지만, 두 사람 모두 사람을 편안하게 해주는 인상을 지니고 있었다.

여성이 한 걸음 앞으로 나와 양손을 모으고는 공손하게 고개를 숙인 뒤 말했다.

"대림정에 오신 걸 환영합니다. 혹시 예약을 하셨으면, 예약자의 성함을 말씀해주실 수 있으실까요?"

"네! 한정훈이란 이름으로 예약되어 있을 거예요."

최혜진이 부모님을 대신해서 앞장서서 걸어 나가며, 입을 열었다.

"한정훈 님의 일행 분이셨군요. 안으로 모시겠습니다."

"차키는 제게 주시면 됩니다."

여성은 여전히 공손한 자세로 안쪽을 향해 손짓을 했고, 남성 또한 고개를 숙여 키를 달라는 제스처를 취했다.

"이것 참."

최인환이 머뭇거리다가 남성에게 손에 들고 있던 차키를 건넸다.

발레파킹과 같은 서비스야 여러 번 받아봤지만, 그때와 지금은 분위기 자체가 달랐다.

마치 뭔가 대접을 받는 것 같았다.

"그럼, 이리로."

여성을 따라 들어간 대림정의 내부를 간단히 한 단어로 표현하자면, 절경이었다.

곳곳에 대나무가 빈틈없이 심어져 있고 그 사이사이로 사극에서나 볼 것 같은 전각들이 세워져 있었다.

그리고 그 앞에는 한결같이 어른 팔뚝만 한 잉어가 헤엄치는 연못들이 있었다.

만약 주변에 안개라도 자욱하게 드리워져 있었다면, 신선들이 사는 곳에 잘못 발을 디딘 것은 아닐까 하는 착각을 했을지도 모른다.

"허허."

주변을 둘러보며 걸음을 옮기던 최인환이 갑자기 너털웃음을 토해냈다.

불과 며칠 전, 이사관실에서 자신의 모습이 떠오른 것이다.

'이거 왠지 나 자신이 부끄러워지는군.'

갑자기 남자 친구가 생겼다고 맞선 자리를 파토 낸 딸아이가 원망스럽지 않았다면 거짓말일 것이다.

하지만 흘러가는 상황을 보면, 그 남자 친구란 사람이 차원장의 자식과 비교해도 결코 뒤떨어지지 않는 사람이라는 것쯤은 충분히 알 수 있었다.

그러다 아주 오래 전, 최혜진이 태어날 무렵.

아내인 강혜정이 심심풀이로 철학관을 다녀와서 얘기해 줬던 말이 떠올랐다.

[글쎄, 나보고 남자로 태어났으면 왕이 될 상이라는 거 있죠? 그런데 내가 여자로 태어나서 왕은 못 되도 왕에게 어머니 소리는 듣는답니다. 우리 혜진이가 시집은 정말 제대로 갈 모양이에요. 호호호!]

당시에는 그저 우스갯소리로 흘려 넘겼지만, 어쩐지 지금 이 순간 그 목소리가 또렷하게 기억이 났다.

탁-

여성이 걸음을 멈춘 곳은 안쪽의 작은 전각이 위치한 곳이었다.

작다고 해도 상대적일 뿐, 곁에서 보기에는 십여 명이 몸을 뉘여도 될 정도의 크기였다.

또한, 앞에 있는 연못은 바닥이 보일 정도로 맑은 물이 흐르고 있었고, 그 사이로 이름 모를 물고기들이 자유롭게 헤엄치고 있었다.

"한정훈 님께서는 안에서 미리 기다리고 계십니다. 필요한 게 있으시면 찾아주시기 바랍니다. 그럼."

고개를 숙인 여성이 물러가자 최혜진이 강혜정과 함께 전각의 계단에 한 발을 올리며 고개를 돌렸다.

"아빠, 뭐해요? 얼른 같이 들어가요."

"여보?"

"응? 아아! 그래, 들어가자꾸나."

최인환이 고개를 흔들어 머릿속에 상념을 지었다.

어찌됐던 오늘은 자신의 소중한 딸의 남자 친구, 아니 도둑놈을 보는 자리다.

당연한 얘기지만 그 누구보다 자신이 정신을 똑바로 차려야 할 날이었다.

서울 대한 호텔 스위트룸.

가벼운 파자마차림으로 앉아 와인을 즐기고 있던 민

박사가 보던 서류에서 눈을 떼며 고개를 들었다.

그 앞에는 검은 정장 차림의 박 팀장이 앉아 있었다.

"아무것도 없다?"

"네, 어제 탐지기를 가지고 잠입을 해봤는데 걸리는 게 아무것도 없었습니다. 입구 역시 들어가는 장치가 파손되어서 폭탄이라도 사용하지 않고는 추가적인 확인은 불가한 상황입니다."

"한 나라의 국보를 상대로 폭탄을 사용할 수는 없지. 그나저나 이거 아쉽네."

민 박사가 혀로 입술을 훔치며, 안타까운 표정을 지었다.

경복궁을 빠져 나온 직후 민 박사는 박 팀장에게 그곳에서 있던 일에 대해 보고를 받았다.

이번 일을 수락하기는 했지만, 핵심을 관통하는 내용에서 대해서는 민 박사 또한 정확하게는 알지 못했다.

의뢰인이 요구했던 것은 비밀 엄수와 함께 물건을 옮겨줄 믿을 만한 인력.

그리고 일을 진행하면서 의심받지 않을 상황을 만들어 달라는 것이 전부였기 때문이다.

하지만 세상에 두 사람 이상 아는 일은 영원한 비밀이 될 수가 없다.

일이 끝남과 동시에 물건을 옮겼던 박 팀장은 이번 일과 관련된 내용을 민 박사에게 알렸고, 당연히 그녀는 크게 놀랄 수밖에 없었다.

"수백 년 동안 한 나라의 궁궐이었으니, 유물이 나오는 거야 납득할 수 있어. 하지만 조선왕조가 망한 지 백 년이 지났고, 거기에 이미 돈이 될 만한 물건은 일본이 다 털어 갔을 거야. 그런데 어떻게 그만한 유물이 남아 있었을까? 아니, 그것보다 대체 거기에 유물이 있다는 건 어떻게 안 거지? 장보도 같은 거라도 있던 건가?"

지금까지 단 한 번도 자신의 머리가 나쁘다고 생각해 본 적이 없던 민 박사였다.

하지만 이번 일은 아무리 생각을 해도 이해가 되지 않았다.

톡– 톡–

손가락으로 자신의 무릎을 두드리며, 잠시 생각에 빠져 있던 민 박사가 박 팀장을 쳐다보며 물었다.

"조사 결과는 나왔어?"

"그게…… 조금 신기합니다."

"와! 오랜만이네. 우리 박 팀장님 입에서 신기하다는 말이 다 나오고. 이번이 두 번째인가? 첫 번째는 아마 제럴드를 조사하다가 그렇게 말했던 것 같은데. 맞지?"

박 팀장이 고개를 끄덕였다.

본명은 알렉산드로 제럴드.

그는 미국 출신으로 현재 미국의 금융 세계를 한 손에 움켜쥐고 있는 거물이었다.

일반인들에게 가장 권위 있는 투자자라고 한다면 다들 워런 버핏을 가장 먼저 떠올릴 것이다.

하지만 미국 증권가에서 알 만한 사람은 안다.

워런 버핏이 지는 해라면, 떠오르는 해는 바로 제럴드라는 사실을 말이다.

제럴드의 추정 재산은 현재 공개된 것만 400억 달러.

한화로는 대략 40조 원이 넘는 돈으로, 액수만 놓고 보자면 워런 버핏이 보유한 자산의 절반밖에 되지 않는다.

하지만 워런 버핏이 여든이 넘은 것에 비해, 제럴드의 나이는 이제 고작 마흔이었다.

또한, 그가 400억 달러나 되는 어마어마한 자산을 쌓아 올리는 데 걸린 기간은 불과 10년이 채 되지 않았다.

물론 관점에 따라서 10년이란 기간은 결코 짧지 않은 시간일 수도 있다.

또 기회가 온다면, 400억 달러를 벌 수도 있을 것이다.

하지만 제럴드가 놀라운 점은 주식을 시작하기 10년 전.

그러니까 당시 30살의 제럴드가 하던 일은 길거리에서 아이스크림을 파는 것이었다.

아이스크림을 팔던 30살의 아저씨가 갑자기 주식을 시작해서 불과 10년 만에 400억 달러를 번 것이다.

이게 과연 상식적으로 가능한 일일까?

과거 제럴드의 부탁으로 그의 의뢰를 수락한 적이 있던 민 박사는 이와 관련해서 박 팀장에게 한번 조사를 해보라고 지시한 적이 있었다.

그때도 조사를 끝낸 박 팀장은 신기하다는 말을 했다.

조사 결과 30살 이후의 제럴드는 마치 이전의 그와는 전혀 다른 사람이 된 것과 같은 삶을 살기 시작했기 때문이다.

30살 겨울.

그동안 모은 돈과 아이스크림 기계를 몽땅 팔은 그는 곧장 주식에 투자를 했고 그 뒤로 단 한 번도 투자에 실패를 하지 않았다.

워런 버핏이 투자의 귀재라면, 제럴드의 별명은 황금 손이었다.

그가 손을 댄 것은 모두 황금처럼 큰돈이 되었기 때문에 생긴 별명이었다.

"자, 궁금하니까 이제 얼른 얘기해 봐. 뭐가 신기했어?"

"이름 한정훈. 나이 21살. 한국대학교 법학과 재학 중. 얼마 전 제주도 앞바다에서 풍랑으로 전복될 뻔했던 배의 사람을 구해냄으로써 언론의 이슈를 받았습니다. 현재 사법고시 1차에 합격했고 2차 시험 결과를 기다리고 있습니다."

"어머! 명문대 학생에 정의감도 있네? 그때 보니 몸매도 좋고 얼굴도 제법 생겼던데. 거기에 안 회장이 특별히 이번 일을 부탁한 걸로 봐서는 돈이 부족할 것 같지도 않고.

얼굴, 돈, 명예, 직업. 완전 다 가졌잖아? 이거 너무 불공평한데?"

"그게 신기합니다."

"응?"

민 박사의 반문에 박 팀장이 이어서 말했다.

"21살 전까지의 기록을 살펴보면, 그저 명문대에 다니는 평범한 학생에 불과했습니다. 아버지 역시 서울에서 운영하던 슈퍼를 재작년에 처분하고 시골로 내려가서 고물상을 하고 있다고 합니다. 확인 결과, 슈퍼를 처분한 이유는 자식의 학비를 위해서였습니다."

박 팀장의 설명에 민 박사가 고개를 갸웃거렸다.

"잠깐, 그거 말이 안 되잖아? 그날 그 녀석 모습 못 봤어? 옷이며 시계는 물론 차도 B사의 신형 모델이었다고."

민 박사의 머릿속에 한정훈의 모습이 떠올랐다.

그때 걸치고 있던 물건 하나만 팔아도 4년치 학비는 문제없었을 것이다.

"네, 그래서 저도 이상하게 생각해서 몇 번이나 더 확인을 했지만 사실이었습니다. 그리고 조사를 하던 도중 또 이상한 사실 한 가지를 발견했습니다."

"뭔데?"

"한정훈의 아버지 주변에 정체를 숨긴 경호원들이 있었습니다."

"경호원이 있다고?"

"그것도 일반 경호원이 아니라 모두 스페셜리스트들이었습니다. 마을의 일반 주민인 척 행세를 하면서 한정훈의 아버지를 보호하고 있었습니다."

"어느 경호 회사야?"

"경호원들의 실력이 예상보다 뛰어나서 접근을 할 수가 없었습니다. 그래도 사진을 확보해서 조사를 맡겼으니, 며칠 내로 알 수 있을 겁니다."

톡- 톡-

민 박사가 손가락으로 자신의 무릎을 두드린다.

"안 회장과의 관계는 어때?"

"죄송합니다. 거기까지 파악하려면, 아무래도 시간이 조금 더 걸릴 것 같습니다."

"아니야. 그쪽은 시간이 좀 더 걸리더라도 최대한 조심하도록 해. 우리가 뒷조사를 한다는 사실을 안 회장이 눈치채기라도 한다면, 자칫 골치 아파질 수도 있으니까."

"네, 주의하겠습니다. 아, 그리고……."

"뭐야, 뭐가 또 있어?"

"이건 확실한 건 아닙니다."

박 팀장이 얘기를 꺼낼까 말까 망설이는 모습을 보였다.

조르르-

민 박사가 비어 있는 자신의 잔에 와인을 따르며 말했다.

"괜찮아. 이미 앞서 말한 것만으로도 그 녀석이 엄청 수상한 사람이라는 것을 알았으니까."

"국정원에서 한정훈의 주변을 조사하는 것으로 파악됩니다."

"……!"

민 박사는 자신의 귀를 의심했다.

"국정원이 왜?"

"거기까지는 모르겠습니다. 하지만 국정원 내에서 한정훈에 대한 얘기가 오가는 것은 확실합니다."

"그 예전 동기라는 사람이 말해준 거야?"

박 팀장이 고개를 끄덕였다.

민 박사가 아무런 말도 하지 않고 눈을 감았다.

지금까지 박 팀장이 전해준 얘기를 종합적으로 판단하는 것이다.

그렇게 얼마의 시간이 흘렀을까? 감았던 눈을 뜬 민 박사가 입을 열었다.

"무봉아."

박무봉.

그게 박 팀장의 진짜 이름이었다.

그리고 민 박사는 항시 큰 결정을 내릴 때 이 이름을 불렀다.

"제럴드한테 연락 넣어. 시간될 때 치즈버거나 같이 먹자고."

❖　❖　❖

드르륵–

문이 열리는 소리에 재빨리 자리에서 일어나니 차혜진과 더불어 뒤따르는 중년인 남녀가 시선에 들어왔다.

'저분들이 혜진이 부모님이구나.'

오랜 시간 공직에 몸담아 왔기 때문일까?

강인한 인상에 두툼한 입술을 지닌 아버님은 고집이 있고 강직한 성품이 엿보였다.

어째서 최혜진이 지난날 자신의 아버지에 대해 그렇게 말을 했는지 단번에 이해가 가는 순간이었다.

'혜진이는 어머니를 닮았네.'

반면, 수수한 화장에 별다른 액세서리를 하지 않았지만 자연스레 기품이 흐르는 어머님은 한눈에 보기에도 미인이었다.

소위 말해서 젊은 시절 남자들의 심금을 꽤 울렸을 것 같은 외모였다.

"헤헤, 우리 왔어."

"오느라 안 힘들었어?"

"내가 힘들 건 없지. 운전은 아빠가 하니까."

운전을 하는 동작을 흉내 낸 뒤 최혜진이 배시시 웃었다.

그 모습에 가볍게 미소를 지어주고는 뒤쪽에서 서 있는 그녀의 부모님을 향해 고개를 숙였다.

"어머님, 아버님. 처음 뵙겠습니다. 한정훈이라고 합니다."

"반가워요. 혜진이 엄마 강혜정이에요."

"크흠. 최인환이라고 하네."

"이리로 앉으세요."

두 분께 안쪽의 자리를 권하고 난 뒤 난 본래 앉아 있던 맞은편의 자리로 이동했다.

그러자 냉큼 걸음을 옮긴 최혜진이 내 옆자리에 앉았다.

"우리 딸 얼굴에 아주 웃음꽃이 폈네. 그렇게 좋니?"

"헤헤."

강혜정의 지적에 최혜진이 웃음을 흘렸다.

"크흠. 그래, 혜진에게 얘기 들었네. 한국대학교 법학과라고?"

"네, 현재 2학년에 재학 중입니다."

"듣자하니 1차 사법 고시에 합격했다고 하던데, 그 나이에 대단하네."

"칭찬 감사합니다. 그냥 운이 좋았을 뿐입니다."

만나기 직전 최혜진이 어느 정도 나에 대해서 얘기를 했을 것으로 생각했기 때문에 그다지 당황스럽지는 않았다.

모르긴 몰라도 아버지에게 최혜진에 관한 얘기를 꺼냈더라면, 최인환과 똑같이 이것저것 물어봤을 것이다.

'그러고 보니 다음에는 혜진이를 아버지께 보여 드려야겠네.'

다음 만남을 생각할 무렵, 밖에서 인기척이 느껴지더니 목소리가 들려왔다.

"안으로 음식을 들이겠습니다."

드르륵—

문이 열리며, 보인 것은 곱게 한복을 차려 입은 두 명의 여성이었다.

여성들은 고개를 살짝 숙여 보인 뒤 조심스레 음식이 담긴 접시를 상위로 하나 둘 옮기기 시작했다.

"어머, 여보 저 음식 빛깔 좀 봐요. 향기도 엄청 좋네요."

"호오……."

강혜정이 놀란 표정으로 중얼거리자 최인환 역시 고개를 끄덕였다.

지금까지 사회생활을 하며, 소문난 맛집들을 제법 돌아다녀 봤다.

하지만 확실히 이곳의 음식처럼 빛깔과 향기가 좋은 곳은 없었다.

"그럼, 좋은 시간 보내시길 바랍니다."

십여 개가 넘는 접시를 모두 상 위에 올려놓은 여성들이

뒷걸음질로 물러난 뒤 미닫이문을 닫았다.

"한식을 좋아하신다고 하셔서 한식 위주로 준비해달라고 했는데, 입에 맞으실지 모르겠네요."

꿀꺽-

순간, 누구의 것인지 알 수 없는 침 넘김이 방 안에 울려 퍼졌다.

강혜정이 손으로 입을 가려 웃고는 최인환에게 젓가락을 건넸다.

"여보, 얼른 한 입 먹어봐요."

"그, 그럼 그럴까? 흠흠."

가볍게 헛기침을 내뱉은 최인환이 강혜정에게 받은 젓가락을 들고 시선을 상 위로 돌렸다.

이미 음식에 대한 파악은 접시가 들어올 때 끝난 상황이었다.

당연히 머릿속에는 첫 번째로 먹을 음식 또한 정해진 상태였다.

'그놈 참. 색깔 한번 곱다.'

최인한의 손에 들린 젓가락이 거침없이 돌진한 곳은 바로 수육이 담긴 접시였다.

은은한 김이 모락모락 피어오르며, 한눈에 보기에도 쫄깃하고 탄탄해 보이는 비계.

게다가 살코기 주변에 기름이 윤기 있게 흐르는 것을

바라보는 것만으로도 입안에 침이 한가득 고이고 있었다.

탱-

젓가락으로 슬쩍 비계 부위를 건드리니, 전해져 오는 느낌 또한 아주 좋았다.

꿀꺽-

다시 한 번 침을 꿀꺽 삼킨 최인환이 젓가락으로 집어 든 수육 한 점을 곧장 입으로 가져갔다.

우물우물-

음식이 입안에서 춤을 춘다는 느낌이 이런 느낌일까?

일반적인 수육은 비계와 살코기가 각각의 맛을 주지만, 이곳의 맛은 그렇지 않았다.

서로가 부족한 쫄깃함과 씹는 맛을 조화롭게 연계하는 것은 물론, 씹을 때마다 새어 나오는 육즙은 달콤하기 이를 데가 없었다.

'이건 정말 기가 막힌 맛이군.'

지금까지 자신이 먹었던 수육은 고기가 아니라 고무가 아니었을까 하는 착각마저 불러일으킬 정도였다.

그러는 사이 입안에 넣었던 수육은 가뭄에 잠깐 내린 소나기처럼 작별을 고하고는 이내 입 속에서 그 자취를 감춰 버렸다.

"아……."

가볍게 흘러나오는 탄식. 그 모습에 강혜정이 고개를

갸웃거리며 말했다.

"입에 안 맞아요?"

"아니, 엄청 맛있어. 음식에 홀린다는 말이 왜 생겼는지 알 정도야."

"그, 그 정도예요?"

놀라서 되묻는 강혜정을 향해 최인환이 고개를 끄덕였다.

최인환이 다시금 젓가락을 수육을 향해 뻗으며 말했다.

"그래서 그런데. 원래 이런저런 얘기를 하는 게 먼저이겠지만, 일단은 음식이 식기 전에 들고 얘기는 나중에 하도록 하자고."

최인환, 그는 본인이 얘기했던 것처럼 지금 이 순간 바로 눈앞의 음식에 홀려 있었다.

최혜진이 가볍게 고개를 흔들고는 내 쪽을 향해 속삭였다.

"우리 아빠가 원래 맛있는 음식, 특히 한식에 사족을 못 쓰거든."

"잘 선택한 것 같아서 다행이다."

고개를 끄덕이고는 나 역시 젓가락을 들고 앞에 차려진 음식을 집어 먹기 시작했다.

'궁중 요리가 맞긴 한 것 같은데? 완전히 같지는 않지만 비슷해. 특히 이 구절판은 정말 맛이 대단한데?'

비록 1주일이라는 짧은 시간이었지만, 조선의 임금이었던 이산이 되어서 먹었던 궁중 요리의 맛은 똑똑히 기억하고 있었다.

그런 의미에서 볼 때, 이 구절판은 당시 내가 먹었던 것에 결코 뒤떨어지지 않는 맛이었다.

꿀꺽−

"우아! 이거 진짜 맛있다."

마찬가지로 구절판을 맛본 최혜진이 깜짝 놀란 표정으로 감탄사를 내뱉었다.

구절판은 조선 시대의 궁중 요리로, 왕실에서 궁중잔치를 할 때 먹던 음식이었다.

팔각으로 된 나무그릇에 고기와 전복, 각종 채소가 위치하고 가운데 칸에는 얇게 부친 밀전병이 자리 잡는다.

먹는 방법은 밀전병 위로 팔각에 담긴 재료를 담아서 싸 먹는 것으로, 월남쌈과 유사하다고 할 수 있었다.

그렇게 어느 정도 음식을 먹었을까?

앞에 놓인 물 잔의 물로 가볍게 목을 축인 최인환이 들고 있던 젓가락을 내려놓으며 말했다.

"그래, 우리 혜진이랑은 만난 지 얼마나 됐나?"

"……실제로 사귄 지는 얼마 안 됐습니다. 하지만 만난 건 고등학교 때부터입니다. 혜진이와는 동창이었습니다."

"흠, 그런가? 부모님께서는 두 분 모두 건강하시고?"

드디어 올 것이 왔다고나 할까?

손에 들고 있던 젓가락을 내려놓았다.

"어머니께서는 제가 어린 시절 돌아가시고 아버지 슬하에서 자라 왔습니다."

"······."

최인환의 얼굴이 살짝 굳어졌다. 반면, 옆에 있던 강혜정은 안타까운 표정을 지었다.

"저런, 많이 힘들었겠네요."

"아닙니다. 아버지께서 항상 챙겨주셔서 그렇게 힘든 것은 없었습니다. 그래서 항상 아버지께 감사의 마음을 지니고 있습니다."

"정말 착한 아들이네요. 우리 혜진이가 좋은 남자 친구를 만났네."

강혜정의 칭찬에 최혜진의 얼굴이 붉게 달아올랐다.

"그래, 그럼 부친께서는 지금 무슨 일을 하시는가?"

"슈퍼를 하셨다가 지금은 시골로 내려가셔서 트럭에 이것저것 물건을 싣고 동네를 오가며 파는 일을 하고 계십니다."

한때는 아버지가 하는 일이 정말 창피할 때가 있었다.

그래서 친구들을 만날 때 거짓말을 했던 적도 있고, 일부러 말을 하지 않기 위해 화제를 돌린 적도 있었다.

하지만 이제는 아니다.

창피한 것은 아버지의 직업이 아니었다.

정말 창피해야하는 건 그 시절 당당히 일을 하시는 아버지를 부끄러워하고 숨기려 했던 나 자신이었다.

"흐음, 트럭이라."

"아빠⋯⋯."

낮은 신음을 흘리는 최인환을 보며 최혜진이 안절부절 못하는 표정으로 쳐다봤다.

그 모습에 나는 차분히 마음의 준비를 했다.

'화를 내신다고 해도 어쩔 수 없지.'

트럭을 끌고 물건을 파는 홀아비의 자식.

솔직히 딸 가진 부모의 입장에서는 탐탁지 않은 녀석일 수밖에 없다.

물론 당장이라도 내가 가진 재력을 최혜진의 부모님께 증명하는 것은 어려운 일이 아니다.

게다가 지금의 나라면 아버지에게 남들이 우러러볼 만한 번듯한 직업을 마련해드리는 것 또한 그리 어렵지 않았다.

하지만 굳이 그러지 않은 것은 지금의 자리가 일과 일이 아닌 사람과 사람 사이의 만남이기 때문이었다.

[일이 안 힘드냐고? 일이야 힘이 들지. 하지만 이 아버지가 물건을 팔러 이리저리 산골 마을을 방문하면, 어르신들이 마치 자기 아들이 온 것처럼 좋아해 준단다. 그 모습을

보고 있으면, 비록 돈은 많이 못 벌어도 이 아버지는 예전에 슈퍼를 할 때보다 지금이 훨씬 행복하단다.]

언젠가 소주를 한잔하시던 아버지가 하셨던 말이었다.

아버지는 진심으로 자신이 하시는 일에 행복해 하셨다.

다만, 큰돈이 되지 않기 때문에 내 학비를 보태는 데 있어 지장이 있을까 걱정을 하셨을 뿐이다.

어색한 침묵과 함께 얼마의 시간이 흘렀을까?

"힘드시겠구나."

"네?"

"아버님 말이다. 이제 조금 있으면 날이 더워질 텐데, 트럭 일이란 게 원래 더울 때 더 덥고 추울 때는 더 추운 법이니까."

뭔가 예상했던 반응과는 조금 다른 대답이었다.

그리고 그건 최혜진 역시 마찬가지였다.

"아빠?"

"그 표정은 뭐냐?"

"아니, 평상시 아빠랑은 반응이 조금 다른 것 같아서요."

"쯧. 그럼, 이 아버지가 정훈 군 부친의 직업을 가지고 뭐라고 할 거라고 생각했더냐? 아니면, 뒤늦게 정훈 군 집안을 알고 네 마음이 변한 거냐?"

"그, 그럴 리가 없잖아요!"

당황해서 소리치는 최혜진을 뒤로하고 최인환이 물을 한 모금 마셨다.

"직업에 귀천은 없는 법이다. 그리고 자기 가족, 자식을 위해 열심히 일하는 아버지들은 항상 존경받아 마땅하고. 적어도 난 지금 이날까지 살아오면서 이 생각만큼은 변한 적이 없네."

"혜진이는 잘 모르겠지만, 혜진이 아빠도 어린 시절 고생을 많이 했어요. 공무원이 되기 전까지는 하루에 아르바이트 다섯 개를 넘게 한 적도 있고, 한겨울에 얼음 공장에서 일한 적도 있답니다."

"아빠가 정말 그랬다고요? 지금까지 그런 얘기 한 번도 한 적이 없잖아요?"

최혜진이 깜짝 놀란 듯한 표정을 지었다.

"뭐, 자랑이라고 고생했던 옛날 얘기를 딸한테 할까. 아무튼 내가 자네 아버지의 직업을 물어본 건 딸아이 가진 부모로서 물은 거지, 어떤 의도가 있다거나 그런 게 아니라네."

"아빠 좀 멋있다."

최혜진의 중얼거림에 강혜정이 입을 가리고 작게 웃었다.

"호호. 그래서 이 엄마가 한눈에 반한 거 아니겠니? 젊었을 때는 더 멋있었단다."

"흠흠. 이 사람이 애들도 있는 앞에서."

부끄러워하는 최인환의 모습에 모녀가 함께 미소를 지었다.

그 모습을 보고 있자니, 나 역시 자연스레 입가에 웃음이 생겼다.

"아버님도 어머님도 참 좋은 분이시네요."

진심으로 하는 말이었다.

2급 공무원, 사회적으로 충분히 영향력을 행세할 수 있고 어디 가서 어깨에 힘을 줄 수 있는 위치다.

그런데도 지금과 같은 사고방식을 가졌다는 건, 혜진이의 아버지께서 곧고 올바른 길만 걸어왔다는 것을 나타내는 방증이었다.

"그런데, 방금 전의 대답으로 내가 궁금한 게 한 가지 있는데 물어봐도 되겠나?"

"말씀하세요."

"네가 이곳 식당에는 처음 와보지만 아는 사람에게 이 대림정이란 곳이 아무나 함부로 올 수 없는 곳이라고 들었네. 장관이나 이름난 국회의원, 재계의 회장 정도는 되어야 방문할 수 있는 자격이 주어진다고 하던데. 오늘 이 자리는 어떻게 된 건가?"

최혜진과 강혜정이 깜짝 놀란 얼굴로 날 쳐다봤다.

"아빠, 여기가 정말 그렇게 대단한 곳이에요?"

"어쩐지 음식이 맛있더라니. 그런데 이 사람 말대로 이곳은 어떻게 예약한 거예요?"

이와 같은 질문이 있으리란 예상은 이미 했다.

"혹시 D.K 그룹이라고 아십니까?"

최인환이 고개를 끄덕였다.

"모를 수야 있나? 미국계 IT 기업으로 그곳의 CEO가 한국인이지 않나? 세계에 영향력 있는 100대 기업에도 포함된 적이 있는 걸로 알고 있네. 한국에도 계열사가 이미 여러 개 있고 말이야. 그런데, 갑자기 D.K 그룹은 왜 얘기를 하는 건가?"

"그곳의 안성우 회장님께서 현재 제 후견인을 맡고 계십니다."

후견인.

보통 후견인은 미성년자의 몸과 재산에 대하여 법적으로 보호하거나 대신할 책임이 있는 성인을 가리킨다.

하지만 지금과 같은 상황에서 사용하는 후견인은 일종의 보호자를 지칭하는 말이었다.

속된 말로 표현하자면 뒷배인 것이다.

"잠깐. D.K 그룹의 안성우 회장이 자네의 후견인이라고? 재벌 총수가 말인가? 허허."

최인환은 너털웃음을 터트렸다.

과연 그 웃음의 의미는 어떤 것일까?

"혜진아, 네 남자 친구가 사람을 놀라게 하는 재주는 타고난 모양이구나. 사실 솔직히 말하자면, 자네가 조금 전 부친에 대한 얘기를 하지 않았다면 난 지금의 얘기를 허풍으로 치부해 버렸을 것이네. 하지만 그런 얘기까지 털어 놓은 상황에서 굳이 거짓말을 할 필요가 없지."

잠시 얘기를 멈췄던 최인환이 말을 이었다.

"그럼, 오늘 이 자리도 안성우 회장, 그분께서 준비해주신 건가?"

"네, 맞습니다."

내 대답을 들은 최인환이 그제야 납득이 간다는 듯 고개를 끄덕였다.

"그렇군. 덕분에 맛있는 음식을 먹을 수 있었다고, 감사하다고 전해주게."

"알겠습니다."

그 뒤로 나는 최혜진의 부모님과 이런저런 얘기를 더 나눴다.

대부분 최혜진과 어떻게 만나고 있느냐는 것과 앞으로의 만남에 있어서도 사고(?)를 치지 말 것을 당부하는 내용이 주를 이루었다.

그렇게 별다른 문제없이 식사자리가 끝나갈 무렵이었다.

우웅—

휴대폰에서 울린 진동에 양해를 구하고 잠시 확인하니,

한 통의 메시지가 도착해 있었다.

'누구지?'

발신인은 저장이 되어 있지 않은 번호였다.

하지만 놀라운 건 발신인보다도 문자의 내용이었다.

[사법 고시 2차 합격을 축하하네. 얘기했던 대로 밥이나 한 번 먹었으면 좋겠는데, 다음 주에 학교에 오면 학과장실에 한 번 들르게나.]

짧지도 길지도 않은 문자.

마지막 문구를 보는 순간, 문자의 발신인이 누구인지 알 수 있었다.

'민영철 교수.'

현 서울검찰청 고검장 라인도 밀어버리고 한국대학교 법학과의 학과장이 된 민영철 교수였다.

'그나저나 사법 고시 2차 합격자를 벌써 알아내다니. 확실히 뭐가 있긴 있나 본데.'

이번 사법 고시 시험 발표는 다른 해에 비해 유난히 빠른 감이 없지 않았다.

하지만 그렇다고 해도 2차 시험 합격자 발표까지는 대략 3주에서 4주가 남은 상황.

벌써 합격자를 알아냈다는 것은 분명 민영철 교수 나름

의 인맥이 있다는 소리였다.

"무슨 일인데 표정이 그래?"

아무런 말없이 휴대폰만 바라보고 있기 때문이었을까?

최혜진이 걱정 어린 표정으로 물었다.

"……별건 아니고 학교의 교수님께서 사법 고시 2차에 합격했다고 문자를 보내셨어. 아직 합격자 발표까지는 시간이 좀 남았는데, 어떻게 아는 사람이 있으셨는지 소식을 빨리 들으셨나 봐."

"진짜? 진짜 2차 붙은 거야?"

최혜진이 놀라운 표정으로 물었고 그 얘기를 들은 그녀의 부모들 또한 마찬가지였다.

"2차도 붙은 건가?"

"아무래도 그런 것 같습니다."

"하하! 축하하네. 축하해. 2차까지 붙었다면, 큰 고비는 넘겼군 그래."

최인환이 얼굴을 활짝 피며 웃음을 터트렸다.

사법 고시 1차 합격도 어려운 일이지만, 그렇다고 해서 2차 합격과 비교를 할 수는 없었다.

2차를 합격했다는 말은 최종 합격까지 남아 있는 대부분의 산을 넘었다는 것과 마찬가지였기 때문이다.

"이렇게 좋은 날, 술이라도 한잔 해야 할 텐데. 미안하네. 내가 요새 먹는 약이 있어서 술은 좀 어려울 것 같네."

최인환의 표정에는 진심으로 아쉬움이 담겨 있었다.

"괜찮습니다. 아버님."

"그래도 약속은 잡아야지. 약만 다 먹으면, 언제 이렇게 다시 만나 한잔하지. 괜찮겠나?"

처음 만남과는 달리 마치 자식을 대하듯 부드러워진 목소리였다.

그 사실을 아는 최혜진의 표정이 단번에 밝아졌다.

"아빠, 정말이죠?"

"응? 네가 왜 좋아하냐? 아빠는 정훈 군이랑 둘이 마실 건데. 게다가 넌 술도 못하잖니?"

최혜진이 피식 웃었다.

"흥! 내가 술을 왜 못해! 나 소주 두 병은 기본인데! 세 병까지도 끄떡없어!"

"뭐? 세, 세 병?"

황당해하는 최인환의 모습에 최혜진이 그 모습에 급히 양손으로 입을 막았다.

본의 아니게 지금까지 감추고 있던 주량을 실토해 버린 것이다.

그 모습에 최인환이 어이가 없다는 듯 고개를 흔들었다.

"이거 딸을 키운 게 아니라 술고래를 키우고 있었군 그래. 아무튼, 혜진이 통해서 내가 날 한번 잡도록 하겠네."

"언제든 불러주시면, 만사 제쳐 놓고 바로 달려가겠습니다."

대답이 마음에 들었던 것일까?

최인환의 입가에 걸린 미소가 한결 더 짙어졌다.

"알았네. 그럼, 이제 슬슬 일어날까?"

식사를 마치고 밖으로 나가자, 어느새 타고 왔던 차량이 밖에 대기하고 있었다.

공손하게 고개를 숙인 남자 직원이 차키를 최인환에게 넘기고는 뒤로 물러났다.

삑─

최인환이 차에 시동을 걸며 말했다.

"후우, 배가 터질 것 같군. 고맙네. 모처럼 맛있는 음식도 먹고 오늘 정말 즐거웠네."

"정훈 군, 고마워요. 여기서 먹은 음식이랑 비교는 안 되겠지만, 다음에 한번 우리 집에 놀러 와요. 내가 밥 한번 대접할게요."

따뜻하게 대해주는 두 분의 모습에 고개를 꾸벅 숙였다.

"감사합니다. 저 역시 오늘 아버님과 어머님의 만남이 인상 깊었습니다. 조만간 또 찾아뵙겠습니다."

"그래, 그럼 우리 조만간 보도록 하세."

최인환과 강혜정이 차량에 탑승하자 최혜진이 내게 다가와 말했다.

"오늘은 나도 부모님이랑 같이 갈게. 부모님이 무슨 얘기를 하면서 가는지 들어야 하니까. 헤헤."

"알았어. 그럼, 들어가서 연락해."

"당연하지!"

손을 흔든 뒤 최혜진이 차량의 뒷좌석에 앉자 차는 곧장 출발했다.

시야에서 차량이 사라질 때까지 바라보다가 이내 한숨을 토해냈다.

"후우, 이거 쉽지 않네."

긴장을 하지 않았다면, 거짓말일 것이다.

나로서도 이런 자리를 경험하는 건 처음이니까 말이다.

하지만 기분은 나쁘지 않았다.

아니, 오히려 좋다고 할 수 있었다.

그만큼 최혜진의 부모님이 색안경을 끼지 않고 날 봐줬기 때문이었다.

물론 색안경을 끼지 않고 바라본 이유는 그들이 생각한 최소한의 기준을 넘었기 때문일 것이다.

만약, 단순히 명문대 재학생이라는 것만 내세우는 철부지였다면 오늘과 같은 분위기는 만들어지지 않았을 것이다.

"아마 그랬으면, 혜진이는 내일부터 맞선을 보라고 시달렸겠지."

하지만 오늘의 분위기를 보면, 큰일이 생기지 않는 이상 앞으로 그런 일은 벌어지지 않을 것이다.

"그보다 민영철 교수에 대해서 한번 알아봐야 할 것 같은데."

처음에는 민영철 교수가 나에게 갖는 관심은 그저 자신이 담당하는 학과의 학생 그 이상도 이하고 아니라고 생각했다.

하지만 굳이 정식으로 발표도 나지 않은 2차 시험의 합격 소식을 먼저 전해줄 정도라면, 나에게 갖는 관심이 특별하다고 봐야 한다.

그리고 당연하지만, 단순히 자신의 학생이기 때문에 이런 관심을 가질 리는 없다.

그렇다면 분명 어떠한 목적과 이유가 있을 것이다.

그것을 알아내려면, 민영철 교수가 현재 어떤 라인을 가지고 있는지부터 찾아야 했다.

"평범한 방법으로는 알아낼 수 없겠지만, 다행히 나한테는 이런 일이 전문인 유능한 해결사가 있지."

머릿속에 인공 지능 컴퓨터 나이트를 떠올리며 휴대폰을 꺼냈다.

하지만 막 단축 번호를 누르기 직전 한 통의 전화가 걸려 왔다.

우웅―

걸려온 전화의 발신인 다름 아닌 나이트였다.

"어떻게 알고 이 타이밍에 또 전화가 온 거야? 나이트, 무슨 일이야?"

[에이션트 원, 문제가 생긴 것 같습니다.]

인공 지능 컴퓨터인 나이트에게는 감정이 없다.

하지만 지금의 목소리는 내가 느끼기에 무척 당황한 것처럼 느껴졌다.

"문제? 무슨 일인데? 혹시 아버지나 안 집사님에게……."

뒷말을 삼킨 건 현재 벌어질 수 있는 일들 중에서 최악의 상황이었기 때문이었다.

단지 상상하는 것만으로도 머리가 지끈거렸다.

[아닙니다. 두 분에게는 특별한 일이 없습니다. 그보다 누군가 최근 에이션트 원의 행적에 대한 자료를 닥치는 대로 수집하고 있습니다.]

"그게 무슨 소리야? 그러니까 누군가가 날 조사하고 있다는 말이야?"

[네, 그렇습니다. 단순히 조사하는 정도가 아닙니다. 상대 역시 인공 지능으로 추정되며, 네트워크상에서 획득할 수 있는 에이션트 원의 정보를 모두 빨아들이듯 수집하고 있습니다.]

"……."

지금까지 내가 누군가에 대한 정보를 알아내기 위해 나이트에게 부탁했던 방법과 동일했다.

"세계는 넓으니, 나이트 같은 인공 지능이 존재하지 말라는 법은 없겠지. 문제는 그 인공 지능 컴퓨터가 왜 인제 와서 내게 관심을 갖기 시작했느냐는 거야."

나이트의 능력은 분명 대단하다.

하지만 유일무이할 정도로 절대적인 건 아니다.

그가 활동할 수 있는 범위는 오로지 네트워크.

네트워크에 기록된 정보가 아니라면, 나이트는 정보 검색이 불가능하다.

또한, 사람의 말을 듣고 원하는 것을 검색해주는 A.I 기능은 이미 일상생활에 깊게 들어와 있다.

단지 차이라면, 검색 처리속도와 범위.

사용자의 말을 인식하는 기능의 차이였다.

그러니 나이트가 아니더라도, 분명 세계 어딘가에는 이만한 능력을 지닌 인공 지능 컴퓨터가 존재하고 있을 것이다.

물론 그렇다고 해도 나이트의 능력이 대단한 것은 부정할 수 없다.

나이트에게는 정보 검색 말고도 또 하나의 특별한 기능이 있기 때문이었다.

"나이트, 네트워크상에 퍼진 내 정보는 네가 따로 손을 대지 않았지?"

[에이전트 원의 명령에 의해 따로 건들지 않았습니다.]

특별한 또 하나의 기능.

나이트의 능력은 단지 네트워크상에서 남의 정보를 수집하는 정도를 뛰어넘어 원하는 정보를 자신의 입맛대로 수정하는 것 역시 가능했다.

간단히 말하면, 해킹이었다.

그럼에도 굳이 네트워크에 퍼진 내 정보에 대해서 손을 대지 않은 것은 혹시라도 나이트의 존재가 알려질 수 있기 때문이었다.

'세계 어딘가에 또 다른 인공 지능 컴퓨터가 존재할 가능성이 있는 이상, 함부로 정보를 세탁하는 건 조심해야 된다. 온라인과 오프라인의 정보가 차이 나면 차이 날수록, 주변의 의심을 받을 확률이 커진다. 거기에 상대 역시 나이트 같은 인공 지능 컴퓨터를 보유하고 있다면, 그 위험성은 더 커지지.'

만약 그럴 경우 각자의 성능에 큰 차이가 없다면, 유리한 쪽은 당연히 나중에 움직이기 시작하는 인공 지능 컴퓨터일 수밖에 없다.

적어도 먼저 움직인 쪽은 상대가 인공 지능 컴퓨터를 보유했다는 사실을 알지 못하기 때문이다.

"나이트, 혹시 어디에서 내 정보를 수집하고 있는지 알 수 있을까?"

[가능합니다. 하지만 자칫 제 존재가 노출될 수도 있습니다.]

"만약 그럴 것 같으면, 당장 멈춰. 상대가 누구인지 알아내는 것보다 지금은 상대가 네 정체를 모르게끔 하는 게 더 중요하니까."

비장의 무기는 마지막 순간까지 최대한 숨겨놓는 것이 유리한 법이다.

[알겠습니다. 그럼, 바로 조사를 시작하도록 하겠습니다.]

"부탁할게. 나도 지금 즉시 룸으로 갈 테니까, 자세한 얘기는 거기서 듣자."

나이트와의 통화를 끝냄과 동시에 곧장 차에 올라타서 시동을 걸었다.

"……누구인지는 모르겠지만. 불순한 목적으로 움직인 거라면, 당장 룰렛을 돌리는 한이 있더라도 순순히 당하지는 않겠어."

원하는 목적을 달성하기 위해 아직 제대로 발걸음을 떼지도 못한 상황.

발목을 잡히는 건 사양이었다.

Chapter 97. 뉴욕의 젊은 황제

    24시간 전, 미국 뉴욕.

    비록 1790년에 수도로서의 지위는 상실했으나, 미국 최대의 도시 중 하나로 상업, 금융, 무역의 중심지이다.

    또한, 공업도시로서의 경제적 능력을 갖추고 수많은 대학, 연구소, 박물관, 영화관 등이 밀집되어 있어 문화의 중심지라고도 일컬을 수 있었다.

    이런 뉴욕의 자랑거리라고 하면 셀 수 없이 많지만, 전세계 금융인들이라면 단 하나를 꼽는다.

    세계 금융 중심지인 월 스트리트(Wall Street)의 상징이며 아멕스(AMEX), 나스닥(NASDAQ)과 함께 미국 3대 증권거래소로 손꼽히는 뉴욕증권거래소(New York Stock Exchange).

미국 뉴욕시의 금융가에 있는 증권거래소의 크기는 단연 세계 최고라 할 수 있으며, 하루 동안 이곳에서 움직이는 돈의 규모는 미국 내 총주식의 75%가 거래될 정도로 상상을 초월하고 있다.

이런 뉴욕증권거래소 인근에는 다양한 사업가와 명문가들이 소유한 수많은 빌딩들이 있다.

제럴드 빌딩.

본래 이 빌딩은 존 모건이 소유한 빌딩으로 JP 모건 빌딩이라고 불렸으나, 3년 전 투자자인 제럴드가 거액의 돈을 주고 인수함에 따라 제럴드 빌딩으로 이름이 변경되었다.

제럴드 빌딩의 꼭대기에 위치한 펜트하우스.

푸른 반바지에 하얀색 티셔츠를 입은 사내가 창밖을 내려다보고 있었다.

만약 누군가가 사내의 모습을 머리부터 발끝까지 봤다면, 단번에 눈살을 찌푸렸을 것이다.

언제 감았는지 알 수 없을 정도로 기름진 머리는 떡이 져 있으며, 수염 역시 산적처럼 덥수룩하게 삐죽 솟아 있었다.

그뿐만 아니라 얼굴에는 기름기가 번들거렸고 입고 있는 옷의 주변에는 음식의 소스로 보이는 것들이 곳곳에 묻어

얼룩져 있었다.

그럼에도 불구하고 사내의 오른손과 왼손에는 치즈버거와 콜라가 들려 있었다.

우물우물-

"쯧쯧. 점심 먹을 시간에 뭘 저리들 바쁘게 움직이나. 저렇게 바쁘게 움직여봤자 얼마나 번다고. 한심들 하긴."

혀를 차면서 손에 든 치즈버거를 크게 한 입 베어 무는 사내.

그의 이름은 제럴드.

투자의 귀재인 워렌 버핏에 이어 금융계의 황금 손이라 불리며, 증권가의 젊은 황제라는 별칭을 얻은 사내.

무려 400억 달러의 재산을 지닌 억만장자였다.

"꺼억."

시원하게 트림을 내뱉은 제럴드가 손에 들고 있던 치즈버거의 포장지를 아무렇게나 바닥에 던지며 소파로 걸어갔다.

또각- 또각-

그러자 미리 대기하고 있던 여성이 걸어오더니, 바닥에 떨어진 그 포장지를 주웠다.

만약 미국의 영화감독과 방송 프로듀서들이 그 여성의 모습을 봤다면, 당장에 계약을 하자고 무릎을 꿇었을 것이다.

그만큼 여성의 외모는 현재 활동 중인 내로라하는 연예인들을 압도할 정도의 미모를 자랑했다.

허리까지 내려온 찰랑거리는 금발에 오뚝하게 솟은 코.

바다를 담아 놓은 것과 같은 눈동자와 백옥과 같은 새하얀 잡티 하나 없는 피부.

여성의 얼굴은 주먹보다 작았고 잘록한 허리와 풍만한 가슴, 그리고 탄력적인 엉덩이는 보는 사람들의 시선을 단번에 사로잡을 정도였다.

하지만 그런 외모를 지닌 그녀가 하는 일은 이렇듯 제럴드가 아무렇게나 버린 치즈버거의 포장지를 줍는 것이었다.

물론 간혹 다른 것들도 줍는다.

다 먹은 과자 봉지라거나 코를 푼 휴지 같은 것들 말이다.

그렇게 제럴드가 아무렇게나 버린 쓰레기들을 줍는 대가로 그녀가 한 달에 받는 급여는 10만 달러.

연봉으로 치면, 무려 100만 달러를 넘는 금액이었다.

소파에 멍하니 누워 있던 제럴드가 몸을 TV 쪽으로 돌렸다.

그러자 막 걸음을 옮기던 여성의 둔부가 고스란히 보였다.

매혹을 넘어 치명적이라고 할 정도의 모습이었지만,

그녀를 바라보는 제럴드의 눈에는 그 어떠한 욕망도 깃들어 있지 않았다.

"엘리스! 5번가 세 번째 골목에 있는 햄버거 가게에서 치즈버거 좀 더 사와."

"알겠습니다. 마스터."

엘리스라 불린 여성이 몸을 돌리고는 공손히 고개를 숙였다.

"아차! 스톱! 치즈는 두 장으로. 콜라는 얼음 가득!"

"접수했습니다. 그럼, 다녀오겠습니다."

추가 요구 조건을 접수한 엘리스가 치즈버거를 사러 가는 사이 제럴드는 또다시 몸을 움직여 천장을 바라봤다.

3층 전체를 통째로 뚫어 만든 천장은 깔끔한 것을 떠나서 휑할 정도로 백지 상태였다.

천장을 멍하니 바라보던 제럴드가 입이 찢어져라 하품을 하고는 말했다.

"흐아암! 심심하다. 어이, 미키!"

순간, 아무것도 없는 천장에 셰퍼드 모습을 본뜬 홀로그램이 나타났다.

그 모습을 본 제럴드의 입가에 한 줄기 미소가 걸렸다.

미키는 그가 어린 시절 키웠던 개의 이름이었다.

셰퍼드였는데, 무려 9년이나 살았으니 개 치고는 장수를 한 셈이었다.

물론 지금은 세계의 내로라하는 천재들을 모으고 어마어마한 돈을 들여 특별히 제작한 인공 지능 컴퓨터의 애칭이었다.

　[부르셨습니까? 주인님.]

　홀로그램의 모습은 강아지였지만, 미키의 입이 벌어지면서 흘러나온 목소리는 사람의 것이었다.

　"그래, 너무 심심해서 말이야."

　[그럼, 휴대폰에 쌓여 있는 메시지를 확인하시는 게 어떨까요? 현재 휴대폰에 총 178개의 메시지가 도착해 있습니다.]

　"됐어. 어차피 둘 중 하나겠지. 돈을 잃었거나 돈을 벌었거나. 그런 거 말고 뭐 재미있는 거 없어? 막 가슴이 들뜨고 신나는 거 말이야!"

　[최근 유명한 클럽들을 알려드릴까요?]

　"패스~ 그런 건 이미 질렸어."

　미키의 답변에 제럴드가 퉁명스럽게 대꾸했다.

　지난 10년, 400억 달러의 부를 쌓으면서 제럴드는 일반인들은 상상조차 할 수 없는 것들을 즐기며 놀았다.

　음식? 술? 여자?

　아무리 비싼 음식과 술이라도 돈으로 해결이 되지 않는 게 없었고 여자 또한 원하고자 한다면, 취하지 못할 사람이 없었다.

- 빌어먹을 세상은 결국은 돈이 최고니까! -

세상에는 돈에 흔들리지 않는 여자는 존재하지 않았다.

제아무리 대단한 명문가의 여식 또는 전 세계인의 사랑을 받으며 잘 나가는 슈퍼스타라고 할지라도 마찬가지였다.

10만? 100만?

제럴드의 입장에서는 그저 하품이 나오는 별것 아닌 돈이다.

시간을 낭비하는 협상도 사절.

그저 상대를 압도하고 아무런 생각조차 할 수 없게 만드는 압도적인 부.

상상을 초월하는 금액 앞에서는 누구든 무너질 수밖에 없었다.

그렇게 수년 동안 주변의 모든 것을 돈으로 찍어 누르며 살아 온 제럴드의 입장에서는 그 모든 게 무료하고 재미가 없었다.

모든 게 너무 쉽다 보니, 목적의식이 사라져 버린 것이다.

"뭐, 그래도 아직은 하나가 남아 있긴 하지. 자주 사용할 수 없어서 문제이긴 하지만."

바로 그때였다.

[주인님.]

"응?"

[한국의 민 박사에게서 온 메일이 있습니다. 확인해보시 겠습니까?]

"민 박사? 그게 누구야? 내 번호를 알고 있는 거 보면 그 래도 돈 빌려 달라는 놈은 아닌 것 같은데?"

제럴드가 퉁명스러운 어조로 반문했다.

지금이야 수십 명의 변호사들이 자신의 밑에서 일하고 있기 때문에 쓸데없는 연락은 모두 차단된다.

하지만 처음 주식으로 돈을 벌기 시작할 때는 아니었다.

듣도 보도 못한 온갖 사람들이 사업 아이템이랍시고 들 고 매일 같이 찾아와 투자를 요청해왔었다.

물론 제럴드는 전부 거절했다.

그들이 가지고 온 사업 아이템이란 것 중에서 성공할 만 한 가능성을 지닌 것은 단 하나도 없기 때문이었다.

"뭐, 내가 이미 선점을 해버렸으니 당연한 건가? 하하! 참, 그나저나 미키. 그 민 박사가 놈은 누구야?"

[놈이 아니라 여성입니다.]

"응? 여자?"

[6년 전, 뉴칼레도니아 리조트 사업. 4년 전은 물건을 회 수해달라는 부탁으로 움직였던 로비스트입니다.]

머릿속에 한 사람이 떠오른 순간, 제럴드가 반색하며 소파에 뉘였던 몸을 일으켜 세웠다.

"아! 그 여자? 그런데 메일을 보냈다고? 흐음."

잠시 고민하던 제럴드가 손뼉을 쳤다.

짝–

"좋아. 그 메일 한번 띄워봐."

팟!

동시에 천장에 위치한 홀로그램 화면이, 제럴드의 눈높이에 맞춰 정면에 나타났다.

그 속에는 민 박사가 보낸 메일의 내용이 담겨 있었다.

"호오…… 이거 재미있네."

단숨에 메일의 내용을 확인한 제럴드가 턱을 쓰다듬었다.

메일의 내용은 지금까지의 무료함을 날려 버릴 정도로 충분히 흥미로운 얘기가 담겨 있었다.

"만약 내게 그런 일이 없었다면, 단순히 운이 좋은 천재라고 생각하겠지만. 세상에 참 재미있는 물건이 많다는 것을 안 이상 그렇게 쉽게 생각할 수는 없지. 사람이 단숨에 저렇게 변하는 건 쉬운 일이 아니거든. 미키!"

지금까지 흐리멍덩하던 제럴드의 눈동자에 생기가 돌기 시작했다.

[네, 주인님.]

"지금 즉시 리스트에 있는 인간들 동향 추가로 파악하고,

민 박사가 언급한 저 인물에 대한 모든 자료를 수집해. 그리고 루시퍼들한테 비행기 탈 준비하라고 말해."

[루시퍼 전원 말씀이십니까?]

"모든 건 확실한 게 좋으니까. 게다가 어차피 이 몸에게 넘치도록 썩어나는 건, 단 하나! 돈뿐이잖아."

[알겠습니다. 그럼, 루시퍼 전원에게 마스터의 뜻을 전달하도록 하겠습니다.]

대천사였지만, 타락해서 악마가 됐다는 루시퍼.

제럴드의 휘하에서 일하는 루시퍼들 또한 마찬가지였다.

그들은 세계의 특수부대에 속했던 유능한 인재들이었다.

하지만 단 한 번의 실수로 타락했고 결국 제럴드가 제시한 막대한 돈 앞에 무릎을 꿇은 그들은 오로지 그만을 위한 용병 집단이 되었다.

[알겠습니다. 목적지는 어디라고 전달할까요?]

씩-

미키의 질문을 받은 제럴드의 입꼬리가 올라갔다.

"코리아."

나이트의 소식을 듣고 D.K 그룹을 방문했을 때는 안 집사도 함께 있었다.

그의 손에는 두툼한 서류 봉투 하나가 들려 있었다.

"마침, 급히 보고 드려야 할 내용이 있었는데 잘 오셨습니다."

"지금 당장 들어야 하는 일인가요? 뭔가 문제가 생겼다는 소리를 나이트에게 듣고 오는 길입니다."

잠시 생각을 하던 안 집사가 고개를 끄덕이며 말했다.

"그럼, 같이 내려가서 일단 나이트의 얘기부터 듣도록 하시죠. 보고는 다음에 하도록 하겠습니다."

"그렇게 하죠."

전용 엘리베이터를 통해 룸으로 향하자 십여 개의 홀로그램이 일제히 방 안에 떠올랐다.

팟!

"나이트, 이게 뭐야?"

[네트워크상에서 찾을 수 있는 에이션트 원에 대한 정보입니다.]

나이트의 설명에 홀로그램을 하나둘 살펴봤다.

-제27회 과학경시대회 수상자 명단.
-호국보훈의 달 글짓기 대회 수상자 명단.
-2016년 한국대학교 입학자 명단.

......

......

–제주 앞 바다에서 펼쳐진 구조 작전.

　홀로그램에는 지금은 기억도 희미한 초등학교 때의 경시 대회 수상부터 시작해서 최근 제주 앞바다에서 벌어졌던 구조에 대한 기사가 담겨 있었다.

　"……엄청나네. 이게 다 인터넷에 떠돌고 있는 내 정보라고?"

　[그렇습니다. 그리고 이와 같은 정보들은 조금 전 말씀드린 존재에 의해 모두 수집되었을 겁니다.]

　나이트의 대답이 끝나자 곁에서 듣고 있던 안 집사가 고개를 갸웃거렸다.

　"정보가 수집되다니, 그게 무슨 소리십니까?"

　"나이트의 얘기에 의하면, 누군가 제 행적에 관한 자료를 수집하고 있는 것 같습니다."

　"그런!"

　뜻밖의 소식에 안 집사의 얼굴이 굳어졌다.

　"나이트, 혹시 내 자료를 수집하는 사람이 누구인지 알 수 있을까?"

　팟!

　말이 끝남과 함께 눈앞에 세계지도가 펼쳐졌다.

　그리고 특정 지역을 중심으로 지도가 확대되기 시작했다.

"북 아메리카…… 미국…… 뉴욕?"

[알아낼 수 있는 건 여기까지였습니다. 그 이상 추적을 시도했을 경우, 제 정체가 발각될 위험이 있었습니다.]

"혹시 누군지 짐작 가는 사람이나 단체가 있으십니까?"

안 집사의 질문에 잠시 생각을 해봤지만, 딱히 떠오르는 사람은 없었다.

"전혀요. 제가 알고 있는 외국인이라고 해봐야 레이아가 전부입니다. 단체랑 엮일 일도 없고요. 게다가 뉴욕은 가본 적도 없는 나라인데요."

"으음……."

안 집사가 낮게 신음을 흘렸다.

"나이트, 혹시 좀 더 자세한 정보는 알 수 없을까? 예를 들면, 내 정보를 취급할 만한 개인이나 단체 등을 유추해줬으면 좋겠는데."

[죄송합니다. 방금 말씀하신 사안은 제 능력 밖의 요청이십니다.]

나이트가 처리할 수 없다면, 지금의 나로서는 알아낼 수단이 없는 것과 마찬가지였다.

굳은 표정으로 일관하던 안 집사가 심각한 목소리로 중얼거렸다.

"어쩌면…… 이건 제 실수일지도 모르겠습니다."

"네? 갑자기 그게 무슨 소리세요?"

"이걸 한번 보시겠습니까?"

안 집사가 들고 있던 봉투에서 사진을 꺼내 테이블 위에 올려놨다.

"……저희 집이네요?"

첫 번째 사진은 아버지가 현재 머물고 있는 증평의 집이었다.

"다음 장도 보시죠. 혹시 아시는 얼굴이십니까?"

다음 장의 사진에는 한 남성이 찍혀 있었다.

그리고 그 남성을 보는 순간 내 눈가는 자연스레 가늘어졌다.

안 집사의 물음처럼 사진에 찍힌 남성이 눈에 익었기 때문이었다.

"박 팀장."

"……?"

"지난 번 경복궁 일 기억하시죠? 그때 민 박사 밑에 있던 박 팀장이란 사람입니다. 그런데 왜 이 사람이 저희 집 근처를 서성이고 있는 거죠? 그리고 이 사진은 어떻게 찍은 겁니까?"

Chapter 98. UDU

박 팀장, 그가 대체 왜 증평의 집에 나타난 것일까?

"해당 사진은 현재 에이션트 원의 아버님을 경호하고 있는 가디언에서 보내온 겁니다. 혹시 모를 상황을 대비해서 마을 인근에 설치한 감시 카메라에 찍힌 것이라고 하더군요."

"저 사람이 왜 저희 아버지를 찾은 걸까요? 그가 아버지에게 관심을 가질 이유는 없을 텐데."

"아마 본래의 목적은 아버님이 아닌 에이션트 원이었을 것 같습니다."

"저를요? 왜 저를…… 아!"

불현듯 머릿속에 떠오르는 생각.

그 생각이 맞다면 이유가 아예 없지는 않았다.

"나이트!"

[네, 에이션트 원.]

"혹시 일주일 이내의 경복궁 주변 CCTV 정보를 확인해서 이 사람과 인상착의가 비슷한 사람을 찾을 수 있을까?"

[시도해보도록 하겠습니다.]

CCTV의 기록은 영구 보관되지 않는다.

하지만 일주일이라면, 아직 남아 있을 확률이 높았다.

나이트에게 일을 넘겨주고 안 집사가 꺼내 놓은 사진으로 시선을 돌렸다.

"……제 생각이 맞다면, 박 팀장은 그곳에서 제가 놓친 것이 있나 찾아보려고 했을 겁니다. 물론 그날 있었던 일은 전부 민 박사의 귀에 들어갔을 테고요."

"그렇다면, 이번 일에 관한 지시는 민 박사가 했겠군요."

이미 모든 상황을 알고 있는 안 집사였기 때문에 얘기를 빙빙 돌릴 필요는 없었다.

"문제는 단순한 호기심으로 유물을 찾을 생각이었다면, 같은 장소를 다시 한 번 조사를 해보는 정도에 그쳤을 겁니다. 그런데 제 아버지에게까지 접근을 했다면, 그건 단순한 호기심이 아니라 다른 목적이 있다는 거겠죠."

"지금과 같은 상황이라면, 에이션트 원에 대한 자료를

수집한 사람이 민 박사일 수도 있습니다."

안 집사의 우려대로 가능성은 충분히 있다.

그녀는 한국인이지만, 전 세계를 무대로 활동한다고 했으니까 말이다.

"네, 그럴 수도 있죠. 하지만 민 박사가 아니더라도 그녀가 누군가에게 이번 일에 대해서 말했다면, 저희가 모르는 제3자가 제게 호기심을 가졌을 수도 있습니다."

안 집사의 표정이 더욱 굳어졌다.

민 박사를 추천한 사람은 자신이었다.

물론, 추천을 한 이유는 그녀의 실력이 충분히 입증되었기 때문이었다.

그 실력에는 신뢰 또한 포함되어 있었다.

하지만 안 집사 역시 알고 있다.

그 신뢰라는 것이 상황에 따라서 언제든 깨질 수 있다는 것을 말이다.

문제라면, 하필 지금 타이밍에 그 신뢰가 의심되고 있다는 것이다.

[찾았습니다. 지금 영상을 출력하겠습니다.]

팟!

나이트의 목소리가 끊김과 동시에 영상 하나가 떠올랐다.

시간은 오전 5시.

새벽 무렵 박 팀장으로 보이는 사람이 경복궁 주변을 맴돌고 있는 영상이었다.

날짜는 지금으로부터 5일 전이었다.

빠득─

안 집사의 입에서 이가 갈리는 소리가 흘러나왔다.

"제가 지금 민 박사에게 연락해보겠습니다. 이건 명백히 의뢰에 반하는 행위입니다."

"그만두세요."

"에이전트 원!"

"증거가 없지 않습니까?"

"네?"

흥분은 사람의 이성을 마비시킨다.

그리고 이성이 마비되면, 아무리 유능한 사람도 냉정한 판단을 할 수 없기 마련이었다.

"민 박사 입장에서는 박 팀장 개인이 움직인 일이라고 변명하면 그만입니다. 경복궁에서 찍힌 영상이나 제 아버지의 주변을 맴돌던 것을 박 팀장에게 모두 떠넘겨 버리면, 저희가 그녀에게 책임을 추궁할 방법이 없습니다."

또한, 민 박사 정도의 능력이라면 박 팀장의 흔적을 지워 버리는 건 별로 어려운 일이 아닐 것이다.

얘기를 들은 안 집사의 얼굴이 어두워졌다.

"으음, 그럼 이대로 두고 보실 생각이십니까?"

"그럴 순 없죠."

자칫 이번 일이 나비효과가 되어 어떤 식으로 태풍을 몰고 올지 모르는데, 찝찝함을 남겨두는 건 말이 되지 않았다.

"이미 상대는 저를 알고 움직이는데, 제가 상대를 모른다면 어떤 식으로든 당할 수밖에 없습니다. 최소한 절 주시하고 있는 상대가 누구이고 무슨 목적으로 저에 대한 정보를 수집했는지 정도는 알아야 대책을 세울 수 있습니다."

아무리 뛰어난 장수라도 적을 알지 못한다면, 그 전쟁은 싸우기도 전에 패배한 것이나 다름없다.

지금 중요한 건 분노하고 화를 내기보다는 상대가 누구인지를 알아내는 것이다.

"게다가 저쪽이 나이트의 존재를 알지 못하는 이상 상대를 알아낼 가능성은 충분히 있습니다."

불리한 상황이긴 하지만, 그렇다고 해서 최악은 아니었다.

만약 나이트의 존재가 알려졌다면, 상대는 더 깊게 숨어들거나 엉뚱한 정보로 교란을 시도했을 것이다

하지만 아직 우리에게는 저들이 상상하지 못한 강력한 무기가 있었다.

"일단은 민 박사의 측근이라고 할 수 있는 이 박 팀장이란 사람에 대해서부터 알아봐야겠습니다."

"박 팀장을 이용하실 생각이십니까?"

"네. 본래 왕을 흔들기 위해서는 그 옆에 있는 간신이나 충신부터 움직여야 하는 법이니까요."

분명 박 팀장은 민 박사의 밑에서 여러 일을 했을 것이다.

그리고 당연한 얘기지만, 충분한 신뢰도 있을 것이다.

하지만 충분하다는 것이 완벽하다는 의미는 아니다.

분명, 틈은 있을 것이다.

그 틈을 이용해서 박 팀장을 흔든다면 그 충분한 신뢰에 금을 만들 수 있을 것이다.

그리되면 비로소 원하는 정보를 얻어낼 수 있을 것이다.

"나이트, 이 박 팀장이란 사람에 대한 정보를 찾을 수 있을까?"

말이 끝나기 무섭게 눈앞에 박 팀장의 사진이 포함된 홀로그램 창이 떠올랐다.

생각보다 쉽다는 생각도 잠시.

홀로그램을 확인한 순간 뒷목이 뻣뻣해짐을 느꼈다.

"……이게 뭐야?"

성명: 박무봉

출생: 1984년 5월 14일

주민등록번호: 840514-12xxxxx

등록기준지 주소: 충청남도 천안시 두정동 279-3

보안 등급: 1급

[현 대상자를 조사한 결과 1급 보안 인물로 분류되어 있습니다.]

나이트의 목소리에 안 집사는 물론 나 역시 당황할 수밖에 없었다.

"이거 어디서 조사한 거야?"

[국방부에 기록된 데이터베이스입니다.]

"국방부?"

국방부의 1급 보안 인물.

병역 비리, 생계 비리 등으로 온갖 욕을 다 먹는 국방부이지만, 아무런 이유도 없이 박 팀장, 박무봉을 1급 보안 인물로 분류하지는 않았을 것이다.

"어떻게 하시겠습니까?"

안 집사의 질문에 입술을 깨물었다.

"……일단 일을 시작했으니, 다음 패 정도는 확인해 봐야겠죠. 나이트! 1급 보안 해킹할 수 있겠어?"

[가능합니다. 단, 예상하지 못한 변수로 인해 흔적이 남을 가능성은 3%입니다.]

3%라면, 충분히 해볼 만한 수치였다.

"좋아. 그럼, 능력 좀 보여줘. 대체 어떤 인간인지 궁금해 죽겠으니까."

[알겠습니다. 그럼.]

목소리가 흘러나오고 10초 정도가 흘렀을까?

눈앞에 보이던 홀로그램 화면의 사진과 텍스트들이 변하기 시작했다.

"……!"

이번에 나온 정보를 본 순간 눈을 의심할 수밖에 없었다.

성명: 박무봉

출생: 1984년 5월 14일

주민등록번호: 840514-12xxxxx

등록기준지 주소: 충청남도 천안시 두정동 279-3

소속: UDU

1급 보안이 해제된 순간, 나타난 박 팀장의 소속.

머릿속에 경종이 울렸다.

"UDU? 박무봉이 UDU 소속이라고?"

UDU.

Underwater Demolition Unit의 약자인 이 부대는 해군의 비밀 첩보 부대다.

알려진 정보에 의하면, 대한민국 육군 첩보 부대 HID(Headquarters of Intelligence Detachment), 공군

첩보 부대 AISU((Airforce Intelligence Service Unit)와 비슷한 역할을 수행한다고 할 수 있다.

군대도 다녀오지 않은 내가 UDU에 대해서 아는 이유는 네이비실 소속이었던 마이클 도먼의 기억을 간직하고 있기 때문이었다.

"UDU가 특수부대 같은 겁니까?"

"네. 요인 납치, 암살, 폭파, 기습, 정보 수집 등 공식적으로 기록이 남아서는 안 되는 일을 전문적으로 처리하는 부대입니다."

머릿속에 경복궁에서 봤던 박 팀장의 모습이 떠올랐다.

겉옷을 입고 있었지만, 확실히 지금까지 만났던 그 누구보다도 잘 단련된 체형이었다.

"게다가 박 팀장은 UDU 출신 중에서도 평범했던 사람은 아니었던 것 같습니다."

1급 보안을 해킹해서 알아낸 정보.

그 마지막에는 다음과 같은 문구가 적혀 있었다.

[보안 등급: 해군 참모총장 직속]

1급 보안을 해제했더니, 그 다음 보안 등급이 해군 참모총장 직속으로 나온 것이다.

"으음."

문구만 봐도 뜻을 이해하는 것은 어렵지 않았다.

박 팀장의 정보를 열람하기 위해서는 해군 참모총장의 승인이 필요하다는 소리였다.

"나이트, 혹시 이것도 뚫을 수 있겠어?"

설마 하는 심정으로 질문을 던졌다.

[가능합니다. 단, 흔적이 남을 가능성은 95%입니다.]

95%의 확률이라면, 무조건 남는다고 봐야 했다.

물론 흔적이 남는다고 해서 나이트의 짓이라는 것을 밝혀내지는 못할 것이다.

하지만 누군가 박 팀장에 대해 조사를 했다는 것을 알게 될 것이고, 만약이라도 그 소식이 그의 귀에 들어간다면 일이 복잡하게 꼬일 수가 있었다.

적어도 이 정보를 사용할 순간은 지금이 아니었다.

"안 집사님."

"네, 말씀하시죠."

"이건 정말 만약이지만, 박 팀장이 나쁜 마음을 먹고 저희 아버지에게 손을 쓰려고 한다면 가디언 소속의 경호원들이 막을 수 있을까요?"

가디언 소속의 경호원들은 나 역시 본 적이 있다.

하지만 내가 직접 본 것과 그들이 지닌 정보에는 차이가 있을 수 있기 때문에 던진 질문이었다.

"……그쪽에서도 충분히 준비를 한 상태라면 가능할

겁니다. 가디언에 소속된 사람들도 UDU 같은 곳은 아니어도 전부 특수부대 출신들이니까요."

특수부대라고 해서 다 같은 특수 부대는 아니다.

당연히 보이지 않는 서열이 있기 마련이었다.

그래도 격투기를 조금 배우고 경호원 행세를 하는 사람들보다는 당연히 가디언 쪽이 믿음직할 수밖에 없었다.

'그런데 이 불안함은 뭐냐.'

가슴 속에 사라지지 않는 불길한 느낌.

그에 대한 해답은 나이트가 던져줬다.

[불가능합니다. 현재 상황을 시점으로 수집된 데이터를 통해 가상 시뮬레이션을 돌릴 경우, 요인에 대한 암살 및 납치 성공 확률은 80%이상입니다.]

"80%?"

80%라는 확률은 가볍게 웃고 넘길 수 있는 수치가 아니었다.

현실은 영화와 소설과는 엄연히 다른 법이다.

소설과 영화에서는 주인공이 아무리 사고를 치고 다녀도 가족이나 친인척이 피해를 받는 경우는 드물다.

아니, 애초에 가족과 친인척이 없는 경우가 대다수였다.

이유는 간단했다.

정상적인 사고방식을 가진 악당이라면, 노리기 힘든 주인공보다는 그 주변의 인물부터 하나씩 처리를 해나갈 것이다.

물론 그를 계기로 주인공을 각성시키는 소설과 영화도 존재하지만, 그렇게 따지면 죽은 사람은 얼마나 불쌍한가?

단지 가족이라는 이유와 친구, 친인척이라는 것만으로 악당의 표적이 되어 죽어야만 하다니.

이처럼 원통하고 슬픈 일도 없다.

"나이트, 만약 가디언 팀이 미리 사실을 알고 경호에 주의를 기울일 경우의 확률은?"

[45%입니다.]

어떤 근거로 추정한 확률인지 정확히 알 수는 없지만, 35%나 되는 수치가 감소했다.

"아직 부족해."

만족을 하기에는 45%라는 수치는 아직도 높았다.

"아버지를 증평의 집이 아니라 보안 시설이 충분히 마련된 보금자리로 옮기면?"

[8%입니다.]

또 다시 확률이 확 줄었다.

물론 이 확률은 박 팀장 혼자 움직일 경우의 수치일 것이다.

그쪽에서도 팀을 꾸린다면, 확률에는 또 다시 변수가 생길 수밖에 없었다.

물론 변수와 확률을 확실하게 줄일 수 있는 방법은 분명 있었다.

'박 팀장을 민 박사가 아니라 우리 편으로 끌어들이는 거지.'

그게 아니더라도 최소한 그쪽에서 섣불리 움직였다가는 자신들이 다칠 수 있다는 확실한 경고 정도는 심어줄 필요가 있었다.

"일단은 박 팀장을 한번 만나봐야겠네요. 그리고 아버지께 어느 정도는 말씀을 드려야 할 것 같습니다."

"괜찮으시겠습니까?"

안 집사의 우려는 박 팀장을 만나는 것에 대한 걱정이 아니었다.

"……안 집사님이 제 후견인이라고 설명하면 어렵기는 해도 이해하실 겁니다."

당황스럽기는 하시겠지만, 최혜진의 부모가 그랬듯 아버지 역시 이해 못하시지는 않으실 것이다.

"그리고 이제 좀 편히 쉬실 때도 되셨고요."

아버지께서는 계속 괜찮다고 하시지만, 그래도 환갑이 가까운 나이에 산골 마을을 다니시며 고물을 수집하시는 일이 쉬울 리가 없었다.

"하긴 그렇지요. 그럼, 옮기실 자택은 제가 알아보도록 하겠습니다."

"매번 도움만 받네요. 감사합니다."

"신경 쓰지 않으셔도 됩니다. 응당 제가 해야 할 일이니까요."

뭐든지 급작스러운 변화는 문제가 생길 수 있다.

특히 그것이 생활환경과 관계된 것이라면 말할 것도 없다.

나 역시 룰렛을 얻게 된 이후 빠르게 변한 환경에 적응을 하는 데 상당한 시간이 걸렸다.

'지금도 완벽하게 적응한 건 아니지만.'

한 번의 여행이 끝날 때마다 수십 년의 기억이 머릿속에 들어온다.

가끔은 이 기억이 본래 내 것이었는지 아니면 타인의 것이었는지 헷갈릴 때도 있다.

이건 경험해보지 않은 사람은 절대 느낄 수 없는 기분이다.

"그럼, 전 일단 아버지에게 가도록 하겠습니다. 특별한 일이 없으면, 한동안은 아버지 옆에서 머무를 예정입니다."

환하게 반겨주는 아버지의 모습을 직접 눈으로 봐야지 지금의 찜찜한 마음을 털어낼 수 있을 것 같다.

"……벌써 20년이 넘었나?"

D.K 그룹의 회장실.

편안한 표정으로 자리에 앉아 있는 안성우의 손에는 낡은 일기장 하나가 들려 있었다.

안성우가 조심스레 가죽으로 된 일기장의 첫 장을 넘겼다.

스르륵-

누렇게 색이 변한 첫 장에는 다음과 같은 글귀가 적혀 있었다.

[언젠가 내가 내 인생을 뒤돌아보고 또는 자식에게 어떤 삶을 살았는지를 알려주기 위해 이 일기를 남긴다.]

글귀는 바라보는 것만으로도 힘이 느껴지는 글씨체로 적혀 있었다.

"할아버지⋯⋯."

일기장은 안성우의 할아버지로부터 대대로 전해져 내려오는 물건이었다.

일기장에는 아주 사소한 얘기부터 시작해서 때로는 흥미로운 사건들이 적혀 있었다.

당시 대한민국은 격동의 시대라고 불릴 만큼 혼란스러웠기 때문이었다.

스르륵-

차례차례 일기장을 넘기던 안성우가 어느 한 곳에서 행동을 멈췄다.

　　[어느 날, 도련님께서 변하셨다. 과거의 영민하고 똑똑했던 모습으로 돌아오셨다. 회장님께서 이 모습을 직접 봤다면 크게 기뻐하셨을 텐데. 아쉬웠지만, 인제라도 도련님이 본래의 모습을 찾으셔서 다행이다.]

　　그렇게 한동안 일기장은 변한 도련님을 칭찬하는 기록들이 가득 적혀 있었다.

　　[도련님께서 날 불러 이상한 얘기를 하셨다. 그간 자신이 했던 모든 일들이 사실은 자신이 한 것이 아니라는 얘기. 자신의 몸속에 또 다른 사람이 들어와서 지금까지 지냈다는 말이었다.
　　처음에는 큰 병이 걸리신 줄 알고 당장 김 박사를 부르려고 했었다. 하지만 차분히 도련님의 얘기를 듣고 있자니, 병이 아님을 알 수 있었다. 도련님은 그 어느 때보다 침착하셨고 진지하셨다.]

　　처음 안성우가 아버지에게 이 일기장을 받았을 때는 웃어넘겼던 글귀였다.

할아버지가 소설가인가라는 생각을 하기도 했었다.

하지만 일기장을 계속 읽어가면서 그런 생각은 점차 사라질 수밖에 없었다.

그만큼 이 뒤부터의 일기장 내용은 진지했고 장난스러운 내용이 하나도 없기 때문이었다.

[그 뒤로 도련님은 간혹 앞날에 벌어질 일들에 대해 얘기를 해주시곤 했다. 놀랍게도 그것들을 하나도 틀리지 않고 모두 들어맞았다.

신기가 생기신 게 아닌가 하고 놀랐지만, 도련님의 얘기에 의하면 자신의 몸을 잠시 빌렸던 그 사람이 남기고 간 기억들인 것 같다고 말씀하셨다.

도련님은 자신의 잘못을 바로 잡아준 그 사람에게 항상 고마워하셨고 그건 나 역시 마찬가지였다.

도련님의 얘기에 의하면, 내 가족을 위해 힘써준 것 또한 그분의 의지였기 때문이다.]

안성우가 넘기기 시작한 일기장은 어느새 중반부를 넘어가고 있었다.

[도련님께서는 틈이 날 때마다 자신과 비슷한 경험을 한 사람이 있는지를 찾았다. 그러다가 과거에 이와 비슷

한 경험을 했던 사람이 있음을 찾아냈다.

하지만 그들은 이미 모두 죽었기 때문에 자세한 사실을 알아낼 수는 없었다.

그러다 나는 도련님께 내가 해외 계좌에 보관했던 돈에 대해 말씀드렸다. 도련님은 그에 대해서는 전혀 기억하지 못하고 계셨다.

부탁을 받은 시점을 비교해보니, 당시 도련님은 도련님이 아니었던 시기였다.

도련님은 그가 어째서 그런 일을 한 것인지에 대해 많은 고민을 하셨다.]

스르르-

[그렇게 시간이 흘러 고민을 끝낸 도련님은 그 뒤로 여러 가지를 준비하시기 시작했다. 도련님은 그 어느 때보다도 바쁜 시간들을 보내셨다.

건강이 염려되었으나, 일을 하시는 얼굴이 너무나 기쁘셨기에 말릴 수가 없었다.

그리고 오늘 도련님께서 나를 불러 큰돈을 맡기면서 말씀하셨다. 혹 그 사람이 언젠가 다시 찾아온다면, 나 역시 모든 힘을 다해서 도와달라고 하셨다. 그게 자신이 받은 것을 비로소 조금이라도 갚을 수 있는 길이라고.

그때에는 알지 못했다. 나보다 훨씬 젊으신 도련님께서 어째서 그런 말씀을 하시는지, 또 그가 다시 찾아올 것이라는 것을 어떻게 알고 계신지 말이다.]

스르륵―

일기장의 내용은 이제 거의 마지막이었다.

[그렇게 한 달이 지나고 도련님께서는 어느 날 부인과 함께 우리 앞에서 자취를 감추셨다.

백방으로 수소문을 해봤지만, 어디로 가셨는지 도저히 찾을 수가 없었다.

그리고 도련님이 우리 앞에서 사라진 지 한 달 정도 지나서 평소 도련님의 재산을 관리하던 담당 변호사가 내 명의로 변경된 여러 가지의 서류를 들고 왔다.

변호사는 나뿐만이 아니라, 집에서 오랫동안 도련님을 모시던 사람들을 모두 찾아갔다. 그리고 도련님이 미리 분배했던 재산을 나눠줬다.

또한, 개개인에게 도련님의 부탁이 담긴 메시지를 전해줬다.

내게 남긴 메시지에는…….]

똑똑-

안성우가 일기장의 마지막 장을 넘기려던 순간.

문밖에서 노크 소리가 들려왔다.

들고 있던 일기장을 재빨리 서랍에 집어넣은 안성우가
입을 열었다.

"무슨 일이야?"

"회장님, 레이아 부회장님께서 찾아오셨습니다."

"들어오라고 해."

딸칵-

말이 끝나기 무섭게 문을 열고 들어온 사람은 한껏 상기
된 표정의 레이아였다.

Chapter 99. 망설임

"안!"

흥분한 듯 높은 톤의 목소리.

거기에 성큼성큼 걸어오는 레이아의 걸음걸이를 확인한 안성우가 고개를 갸웃거렸다.

2년 전, 우려하던 거품론에 의해 뉴욕 기술주가 폭락해서 1,000만 달러 이상을 손해 봤을 때도 침착함을 유지하던 그녀였다.

즉, 레이아라는 여성은 안성우와 관련된 일이 아니라면 어지간한 사건으로는 눈 한 번 끔뻑하지 않을 정도의 강철 심장을 가진 사람이었다.

그런 그녀가 지금과 같은 모습을 보인다는 것은 일이 생겨도 제법 큰일이 생겼다는 의미였다.

"레이아, 당장 세상이 멸망한다고 해도 일단 얘기는 물부터 한 잔 마시고 하지. 그러다 숨넘어가겠어."

안성우가 미니 냉장고에서 생수 병 하나를 꺼내 레이아에게 내밀었다.

딱-

생수를 받아 든 레이아는 뚜껑을 열기 무섭게 단숨에 내용물을 비워냈다.

꿀꺽- 꿀꺽-

"후아."

순식간에 내용물의 반 이상을 비워낸 그녀의 입에서 안도 섞인 한숨이 흘러나왔다.

"궁금하네. 대체 무슨 일이 터졌기에 당신이 그렇게 당황했는지 말이야."

"……클린턴에게 연락이 왔어요."

레이아는 망설임 없이 입을 열었다.

클린턴, 분명 낯이 익은 이름이었다.

안성우가 기억을 더듬거리며, 이름의 주인공을 찾아냈다.

"클린턴? 템플턴의 제인 클린턴 말인가?"

제인 클린턴. 올해 나이 31세.

미국의 명문인 하버드 출신으로 월 스트리트에서 근무한 투자 전문가.

현재는 미국의 투자금융 회사인 BEN, 프랭클린 템플턴 인베스트먼트에서 일하고 있는 천재였다.

무엇보다 제인 클린턴의 뛰어난 장점은 그가 제너럴리스트이면서 동시에 스페셜리스트라는 점이었다.

다방면으로 수많은 인맥을 보유함과 동시에 자신의 분야에서는 압도적인 실력을 자랑하는 전문가였다.

"맞아요. 그 제인 클린턴 말이에요."

"음, 그러고 보니 못 본 지 꽤 된 것 같군. 영국에서 잠깐 봤으니, 4년쯤 됐나?"

"정확히 말하면, 4년 7개월이죠."

"벌써 시간이 그렇게 됐군."

영국에 있을 당시 안성우는 레이아를 포함해서 클린턴과 함께 자주 저녁 식사를 했다.

당시 클린턴은 영국 최대의 증권소인 런던 증권거래소에서 근무했었는데, 다방면의 지식을 보유한 그녀와의 저녁 식사는 안성우에게 있어서 상당히 즐겁고 유익한 시간들이었다.

"그보다 오전에 클린턴에게서 전화가 왔는데 뜻밖의 소식을 전해줬어요."

"뜻밖의 소식?"

안성우의 반문에 레이아가 고개를 끄덕였다.

숨을 가볍게 몰아쉬고 그녀가 입을 열었다.

"……템플턴 내부 정보로는 조만간 한국 정부에서 지금까지 대기업을 압박하던 정책을 철회할 것이라는 얘기가 돌고 있다고 해요."

"뭐? 그럴 리가!"

안성우 또한 당황할 수밖에 없었다.

그만큼 레이아의 얘기는 생각지도 못했던 전혀 뜻밖의 소리였다.

현 정부는 출범 이후 줄곧 친서민 정책을 내세우며 중소기업의 육성과 보호를 강조하고, 대기업들을 압박하는 정책들을 시행했다.

언론 역시 어느 때보다 확고한 정부의 의지를 확인하고는 대기업의 사회적, 도덕적 책임을 강조하며 국민적 여론을 조성하는 데 동참했다.

그런 정부가 인제 와서 대기업을 압박하던 정책을 철회한다?

이 말은 지금까지 정부가 친서민 정책이라 내세웠던 뿌리를 스스로 뽑는 것과 다름없었다.

"클린턴이 그런 말을 한 건가? 확실한 소식이고?"

"확실하다고는 할 수 없어요. 그녀의 성격 알잖아요? 다만, 소문이 사실일 확률이 꽤 높다고 하더군요. 관련된

내용을 접하고 혹시나 해서 월 스트리트에 근무하는 옛
동료에게 물어보니, 정말 그런 얘기가 돌고 있긴 하대요.
제게 연락을 한 것도 현재 한국 상황에 대해 좀 더 자세히
알아보기 위해였어요."

"으음."

템플턴 인베스트먼츠, BEN은 국내 채권시장의 큰손이다.

그들이 보유한 국고채의 액수만 수조 원.

당연히 BEN이 한 번 움직일 때마다 외국의 원화 채권시
장은 크게 들썩인다.

그런 만큼 그들은 한국의 국제 정세와 더불어 동향 파악
에 큰 관심을 가지고 있었다.

고민하던 안성우의 눈매가 가늘어졌다.

"단순한 찌라시는 아니라는 건데."

BEN과 월 스트리트에서 돌고 있는 소문.

물론 그곳이라고 해서 찌라시, 일명 확인되지 않은 소문
이 돌지 말라는 법은 없다.

아니, 오히려 국내 시장보다 더 많은 찌라시들이 넘쳐나
는 곳이다.

하지만 이런 찌라시도 누군가의 입을 통해서 퍼졌는지에
따라서 당연히 그 무게가 달라질 수밖에 없었다.

적어도 제인 클린턴이란 사람의 말에는 그런 무게가 있
었다.

"레이아, 이유가 뭘까?"

안성우는 레이아를 잘 알고 있었다.

그녀가 분명 지금의 소식을 가지고 이곳에 올 정도라면, 분명 얘기에 핵심이 되는 정보를 들고 왔을 것이다.

"안은 그 이유가 뭐라고 생각해요?"

레이아는 대답을 하기에 앞서 다시 안성우에게 질문을 던졌다.

곰곰이 생각을 하던 안성우가 시선을 레이아의 눈높이와 맞췄다.

"흠, 갑자기 정부에서 정책을 철회할 정도라면, 분명 큰 이유가 있을 거야. 굳이 지금 상황에서 정부가 그런 선택을 할 필요는 없지 않나? 국민들의 지지도가 감소하긴 했어도 그건 초기 지지도가 워낙 높아서였기 때문이니까. 지금의 지지도만 봐도, 김주훈 대통령은 역대 대통령 중 가장 많은 지지를 받고 있다고 할 수 있지. 그런데 인제 와 정책의 노선을 변경한다?"

당선 당시, 김주훈 대통령의 지지율은 70%가 넘었다.

그에 비해 현재 지지율은 58%이다.

물론 이렇게 지지율이 급락한 이유는 KV 백화점 붕괴에 따른 안전 불감증의 영향이 크다고 할 수 있었다.

태풍이 불고 지진이 나도 국민들은 나라님을 탓한다고 하지 않는가?

그럼에도 지지율이 58%를 보인다는 것은 5천만 국민 중 과반수가 여전히 김주훈 대통령을 응원하고 있다는 말과 같은 소리였다.

하지만 친서민 정책에서 대기업 옹호 정책으로 정부가 노선을 갈아타는 순간, 지지율은 벼랑 끝에서 떨어지는 돌멩이처럼 그 끝을 모른 채 추락하기 시작할 것이다.

"대기업 압박 정책 중에서 어떤 것을 철회할 것인지는 알려진 게 있나?"

"정확한 이유는 그쪽에서도 알지 못해요. 다만, 해외 투자에 대한 특혜를 늘리고, 종전에 인상했던 기업의 역외탈세 적발 시 부과하는 가산세 세율을 완화한다는 얘기가 있어요."

후자는 그렇다 해도 전자는 가볍게 넘길 수 없는 사안이었다.

그간 정부에서 해외 투자에 대한 특혜를 줄인 것은 국외로 빠져나가는 기업들의 자원을 국내로 돌려 내수 경제를 활성화하겠다는 취지였다.

하지만 레이아가 언급한 것처럼 해외 투자에 대한 특혜를 늘린다면, 국내의 대기업들이 보유한 자원은 해외에 집중적으로 퍼부어질 것이다.

당장 동남아 지역만 해도 세금 혜택과 더불어 해외 기업에 대한 각종 지원이 넘치며, 국내보다 훨씬 값싼 노동력을 손쉽게 구할 수 있다.

그런데 여기에 정부의 특혜까지 주어진다면, 대기업 중에서 마다할 곳이 있을 리 없었다.

특히 국내 재계 30위 이내의 재벌 그룹은 해외 특혜의 단골이라 할 수 있는 건설, 조선, IT 등의 계열사를 모두 보유하고 있었다.

"만약 이 정보가 모두 사실이라면, 정부와 기업들 간의 거래가 있었을 텐데."

안성우의 얼굴이 굳어졌다.

지금과 같은 혜택이라면, 기업들이 정부에게 돈을 보따리로 싸다 들고 울고 불며 제발 좀 해달라고 간청을 할 만큼의 일이었다.

그런데 정부에서 독단으로 이와 같은 일을 추진한다?

지나가던 개가 웃을 소리만큼 말도 안 되는 얘기였다.

"어쩌면 바로 이게 이 거래의 조건이었을지도 모르죠."

TV 앞으로 걸어간 레이아가 리모컨을 집어 들고는 전원 버튼을 눌렀다.

삑─

[……대한그룹이 올해 하반기 대졸 신입사원 모집 일정을 당초 일정보다 앞당겨 발표한 가운데, KV 그룹과 현호 그룹에서도 하반기 대졸 신입사원 모집 일정을 발표해서 취업 준비생들의 큰 관심을 끌고 있습니다.

앞서 대한그룹은 하반기 채용 규모를 7,000명 정도로 발표한 적이 있었으나, 얼어붙은 국내의 경기와 청년 실업률을 고려해서 기존보다 2,000명을 늘린 9,000명을 하반기에 채용하겠다고 공표했습니다.

KV 그룹과 현호 그룹 역시 마찬가지입니다. 상반기에 각각 4,000명과 3,000명을 채용한 두 그룹은 이번 하반기에는 5,500명과 4,000명의 신입 사원을 모집하겠다고 발표했습니다.

해당 그룹들이 하반기 채용 인원을 대폭 늘린 가운데, 다른 기업들 역시 기존보다 신규 채용 인원을 늘릴 것으로 전망되어 전문가들은 이번 하반기 채용시장이 그 어느 때보다 활기를 띨 것으로 관측하고 있습니다. 지금까지 SBC의 차현석이었습니다.]

나날이 치솟는 청년 실업률 해결.

근 10년 이내 대한민국이 부채와 더불어 가장 골머리를 앓고 있는 문제였다.

이런 와중에 대기업이 자발적으로 인력 채용의 숫자를 늘린다면, 정부로서는 가뭄에 내린 단비와 마찬가지일 것이다.

하지만 과연 기업들이 아무런 이득 없이 갑작스레 채용 인력을 늘렸을까?

그것도 한 곳도 아닌 국내 굴지의 그룹들이 줄지어서 말이다.

정권이 바뀌는 시기라면, 새로운 정권의 눈치를 보느라 그럴 수도 있겠지만 지금은 그런 시기도 아니었다.

뉴스를 보던 안성우가 고개를 저었다.

"청년 실업률 해결과 해외 사업 특혜라. 그것만 가지고는 정부 쪽 수지타산이 맞지 않아. 오히려 대기업을 압박하는 정책을 강화하는 것으로도 저 문제는 해결이 가능하니까."

"수면 위로 떠오르지 않은 것들도 있겠죠. 그보다 지금까지 재벌과 타협하지 않겠다는 현 정부의 노선이 변했다는 것이 문제예요. 그리고 그 부분은 우리에게는 악재로 작용할 수 있을 테고요."

레이아가 안성우의 눈치를 보다가 조심스럽게 말을 이었다.

"우린 한국의 대기업과는 그리 사이가 좋지 않잖아요. 특히 최근에는 한 곳과 원수 사이가 될 만큼 관계가 악화됐으니까요."

안 성우의 머릿속에 KV 그룹이 떠올랐다.

KV 그룹 역시 하반기 신규 채용 인원을 늘릴 것이라고 발표했다.

정부와 척을 지지 않겠다는 그룹 차원에서의 소명 혹은 이미 물밑에서 거래가 이뤄졌다는 소리였다.

지금까지 수면 위로 드러난 정보들이 사실이라면, 정부와 KV 그룹의 관계는 회복세로 들어섰다고 봐야 했다.

"……그렇지 않아도 에이션트 원의 머리가 복잡할 텐데."

"무슨 일이 있나요?"

"집안일이라네."

레이아의 질문에 안성우는 한마디로 답변했다.

따지고 보면, 집안일이라는 설명은 거짓말은 아니었다.

궁금하기는 했지만, 분위기상 더 물어도 대답을 하지 않을 것을 알기에 레이아는 일찌감치 질문할 생각을 버렸다.

그보다는 조금 전의 주제로 화제를 돌렸다.

지금부터가 그녀가 급히 이곳을 찾은 본론이었다.

"……상황을 고려하면 그날 제주도에서 나눴던 대화는 전면 백지화를 해야 할지도 모르겠어요."

제주도에서 나눴던 대화.

죄를 지은 자들에게 죗값을 받게 하겠다는 계획.

그리고 그 죄지은 자는 KV 그룹이었다.

안성우가 무슨 의미냐는 뜻으로 레이아를 쳐다봤다.

"만약 클린턴의 말이 사실이고 정부가 그와 관련된 사실을 공표하는 순간, KV 그룹은 물론이고 해외로 진출할 가능성이 있는 기업들의 주가는 일제히 올라갈 거예요. 그렇게 되면, 우리가 예상하고 있던 금액보다 몇 배나 많은 자금이 필요하게 되겠죠. 또 흑기사를 자처할 사람들도 나타나지 않을 게 분명하고요."

맞는 소리였다.

분명 상황이 그렇게 흘러간다면, 흑기사는 없는 반면에 경영권 방어를 돕는 백기사는 넘쳐 날 것이다.

"……안이 에이션트 원을 멈춰주세요. 이 싸움 이대로는 승산이 없어요. 수십 년 동안 안이 일군 것들만 모두 잃고 말 거예요. 상처 입은 사람들을 돕는 거라면, 지금 재단에서 하고 있는 것만으로도 충분해요."

근심이 가득 어린 목소리.

레이아는 안성우를 진심으로 걱정하고 있었다.

그 마음을 알기에 안성우는 일단은 고개를 끄덕일 수밖에 없었다.

"후우, 일단 이 소식은 내가 에이션트 원에게 직접 전하도록 하지."

당장 확답을 듣는 건 불가능하다는 사실은 레이아 또한 알고 있었다.

"알았어요. 참, 그리고 안 좋은 소식이 또 하나 있어요. 이건 조금 전보다는 더 확실한 소식이에요. 당장 다음 주에 한국에서 국회의원 선거가 있는 건 알고 계시죠?"

안성우가 오른손으로 이마를 짚었다.

최근 여러 일들로 인해 까맣게 잊고 있었다.

정치와 기업의 관계를 볼 때 이는 CEO로서는 뼈아픈 실책이었다.

그나마 다행인 건 3주 전쯤 받은 보고서의 내용이 뒤늦게 떠올랐다는 것이다.

"3주 전쯤에 이번 선거에서 야당이 득세할 거라는 관측이 나오고 있다는 소식은 보고를 받았다네."

대한민국에서 여당이란, 현직 대통령을 배출한 정당을 뜻한다.

반대로 야당이란 현 정권인 여당의 반대편에 서서 정책을 비판하고 국민의 여론을 형성해서 다음 대통령 선거에서 정권을 잡으려는 정당이었다.

현재 여당은 열린 자유당으로, 과반수가 넘는 국회 의석수를 차지하고 있었다.

그 덕분에 김주훈 대통령은 지난 2년 동안 자신이 추구하는 정치를 실현함에 있어서 상당한 도움을 받았다.

반면, 지난 국회의원 선거에서 참패를 당한 야당은 태풍을 피해 납작 엎드린 갈대처럼 숨을 죽여야 했다.

자칫하면, 국민이라는 파도와 여당이란 바람에 휩쓸려 힘들게 지켜온 국회의원 배지를 거품처럼 잃어버릴 수도 있기 때문이었다.

그렇게 그들은 지난 4년 동안 숨을 죽였고 앞날을 대비해서 칼을 갈아왔다.

또한, 칼을 가는 데 있어 도움을 줄 친구들과 돈독한 관계를 만드는 것을 게을리 하지 않았다.

그 친구들이란 바로 대한민국의 재벌들이었다.

[지금의 대통령은 대다수의 국민들에게는 참된 대통령일지는 몰라도 기득권층들에게는 가시 같은 존재다.]

현 대통령에 대한 대다수 평론가들의 논평이었다.

친서민 정책을 주장한 김주훈 대통령으로 인해 국내 재벌들은 여러모로 피해와 손실을 겪었다.

물론 그들이 말하는 피해와 손실이란, 금전적인 부분을 제외하고도 다양했다.

재벌이란 이름으로 사회에 행사할 수 있던 영향력도 바로 이 손실에 포함되었다.

야당의 의원들은 바로 그 부분을 파고들었다.

자신들과 손을 잡으면, 다음 정권에서는 지금까지 본 금전적인 피해의 두 배 혹은 세 배 이상을 벌게 해주겠다고 제안했다.

또한, 그들은 말했다.

당장 김주훈 대통령의 임기가 끝날 때까지 기다릴 필요도 없다고 말이다.

이번 선거에서 야당이 여당을 잡는다면, 현 대통령에게

칼을 꼽는 것은 얼마든지 가능하다.

반면, 여당은 그런 야당을 신경 쓰기보다는 오히려 국민을 위한 정치를 제안했고 현 국가의 그릇된 시스템을 고치기 위해 집중했다.

하지만 애초에 수십 년이나 잘못된 시스템을 1~2년 만에 고치는 것은 불가능에 가까웠다.

여당의 이상적인 행보는 일부 국민의 입장에서는 당연히 칭찬해야 할 만한 행동이었지만, 대다수의 국민들에게는 그렇지 않았다.

당장 눈앞에 보이지 않는 성과.

이상적으로만 아름다운 얘기.

믿고 기다려달라는 외침.

그것을 받아들이기에 국민들이 사는 현실은 찬바람이 칼날처럼 부는 겨울과 다름이 없었다.

야당은 바로 그 틈을 파고들었다.

같은 편이 되기로 한 재벌들의 투자를 이용해서 당장 눈앞에 보이는 변화에 공을 들인 것이다.

무상 급식, 무상 교복, 반값 등록금, 의료비 지원, 치안 안전 센터 및 복지 시설 확충, 친환경 공원 조성.

서민들에게 있어 바로 피부에 와 닿는 정책들이 실현되었다.

물론 이와 같은 정책은 재벌들의 후원을 등에 업고 이뤄진

아주 일시적인 현상에 불과했다.

하지만 서민들에게 있어서는 이 일시적인 현상 또한 가뭄에 단비처럼 고마울 수밖에 없었다.

당장 배고픔으로 죽어가는 사람에게는 일자리보다 빵 하나가 고마운 것처럼 말이다.

일부 깨어 있는 국민들은 야당의 이런 행태를 정치적인 쇼라고 비난했지만, 그건 극히 일부분에 불과했다.

대부분은 이런 혜택을 실현시킨 야당을 크게 환호했고, 그들의 지지율이 급격하게 상승한 것은 당연할 수밖에 없었다.

뒤늦게 여당에서도 야당의 공세에 맞춰 준비를 시작했지만, 그때는 이미 늦은 감이 있었다.

국민들은 현 대통령을 지지하면서도 국회의원은 오히려 야당의 편을 드는 웃지 못할 상황이 벌어졌기 때문이었다.

"이번 국회의원 선거에서 야당이 반수 이상 의석수를 차지한다면, 그들이 목표로 하는 건 하나뿐이겠지."

"맞아요. 탄핵이에요."

'헌법 제65조 1항. 대통령 · 국무총리 · 국무위원 · 행정 각부의 장 · 헌법재판소 재판관 · 법관 · 중앙선거관리위원회 위원 · 감사원장 · 감사위원 기타 법률이 정한 공무원이 그 직무집행에 있어 헌법이나 법률을 위배한 때에는 국회는 탄핵소추를 의결할 수 있다.' 라고 규정되어 있다.

또한 제2항에 '탄핵소추는 국회 재적의원 3분의 1 이상의 발의가 있어야 하며, 그 의결은 국회 재적의원 과반수의 찬성이 있어야 한다.' 는 항목이 포함된다.

다시 말해서 야당이 이번 선거에서 과반수의 의석을 차지한다면, 얼마든지 김주훈 대통령의 탄핵안을 발의할 수 있다는 것이다.

"야당 입장에서는 김주훈 대통령을 탄핵시켜도 그만 시키지 않아도 그만이에요. 하지만 대통령 입장에서는 다르죠. 아무래도 탄핵안이 발의되면 위축될 수밖에 없고, 그리되면 추진하던 정책은 자연스레 제동이 걸리기 마련이니까요."

현재 김주훈 대통령의 지지율을 생각해보면, 탄핵을 당할 가능성은 희박했다.

하지만 그렇다고 해도 시퍼런 칼날이 사정없이 찔러 오면, 피를 흘릴 수밖에 없다.

"야당이 원하는 건, 남은 임기 동안 현 대통령의 날개를 부러트리고 싶은 거니까."

안성우는 독한 약을 먹은 것처럼 입 안이 쓰게 느껴졌다.

현대의 대통령은 중세시대의 왕이 아니다.

분명 대단한 권력을 지닌 자리이기는 하지만, 그보다 더한 책임이 뒤따른다.

중세시대의 왕처럼 며칠만 놀고먹어도 세상의 온갖 욕이란 욕을 다 먹을 수 있는 게 바로 대통령의 자리였다.

"······그래서 그런 선택을 한 건지도 모르겠군. 아니, 클린턴의 말이 사실이라면 분명 그래서 그랬을 거야."

"해외 사업 특혜 말이죠?"

안성우가 고개를 끄덕였다.

"한 마리의 호랑이와 싸우기도 힘든데, 이대로 가면 자칫 사자까지 상대해야 할 수도 있으니까. 일단은 현 정부가 기업들에게 배타적이지 않다는 것을 보여줄 필요가 있어. 그래야 그들도 주판을 다시 튕기겠지."

레이아가 시선을 창밖으로 옮겼다.

창밖에는 높이 솟아오른 빌딩 숲이 보인다.

그리고 단연 눈에 띄는 건물들은 대한민국의 내로라하는 기업들이 사용하고 있는 곳이었다.

"그들도 시간이 없겠지만, 그건 우리한테도 마찬가지라는 거 알고 있죠? 폭풍이 불기 전에 우리도 무기와 동맹군을 준비해야 해요. 그렇지 않으면, 엉뚱한 칼이 오히려 우리 목을 베어 버릴 수도 있어요."

엉뚱한 칼.

그건 바로 대한민국의 대기업이었다.

정부가 자국의 대기업에 대한 국내와 해외 사업 혜택을 강화하면, 외국계 기업의 입장에서는 매출이 감소할 수밖에 없다.

그리고 그렇게 되면, 외국계 기업은 사업을 철수하고

자국으로 돌아가는 게 일반적이었다.

그건 현재 대한민국에 진출해 있는 D.K 그룹이라고 해서 별반 다르지 않았다.

회장인 안성우와 그에게 우호적인 사람들이 상당한 지분을 보유하고 있지만, 그렇다고 해서 모든 것을 마음대로 결정할 정도의 압도적인 양은 아니었다.

한국의 매출이 급감하면 당연히 주주들은 반발할 것이고, 그리되면 D.K 그룹 역시 한국에서의 사업을 접고 철수를 할 수밖에 없다.

"……."

안성우의 머릿속에 과거 야심차게 한국에 진출했다가 철수한 외국계 기업들이 떠올랐다.

다국적 인터넷 포털 사이트 기업이었던 야후가 그러했고, 프랑스 대형 할인 체인점이었던 까르푸 역시 마찬가지였다.

현재는 미국의 자동차 제조회사인 제너럴모터스의 철수 얘기가 계속 흘러나오고 있었다.

그리고 철수가 결정되는 순간, 수천수만의 실업자가 생겨날 것이다.

그 실업자들이 가족의 생계를 책임지는 가장이라고 가정한다면, 실질적으로 생기는 실업자는 수십만이 되는 것이다.

레이아가 창밖에서 시선을 돌려 안성우를 쳐다봤다.

"……저기 안. 혹시 괜찮으면, KV 그룹 쪽과 자리 한번 같이 하는 게 어때요? 그렇지 않아도 그쪽에서 재단 문제와 관련해서 한번 만나봤으면 한다고 연락을 해왔어요."

"레이아!"

안성우의 소리침에 레이아가 입술을 질끈 깨물었다.

"안! 우리 솔직히 얘기해 봐요. 에이션트 원이 나타나고 난 뒤로 사업에 대해서는 너무 뒷전으로 생각하고 있는 거 알아요? 물론 에이션트 원이 당신에게 소중한 사람인 건 알겠지만. 당신은 수만 명의 직원을 거느리고 있는 경영자예요! 그걸 잊으면 곤란하다고요."

"그래서 일전에도 내가 말하지 않았나. 원한다면 경영권은 전문 경영인에게……."

"안!"

레이아가 버럭 소리를 내질렀다.

안성우가 당황스러운 표정으로 레이아를 쳐다봤다.

짧지 않은 기간 동안 그녀를 봐왔지만, 지금과 같은 경우는 단 한 번도 없었기 때문이었다.

"그렇게…… 그렇게…… 쉽게 포기하려고 지금까지 그 고생을 해서 그 자리에 앉은 거예요? 당신 하나만을 믿고 젊음을 바쳐서 지금까지 달려온 사람들은 대체 뭐라고 생각하는 거죠?"

"……."

"정말 당신이 더는 미련이 남지 않은 거라면…… 그런 거라면 그렇다고 얘기해줘요. 그럼, 나도 더는 당신에게 뭐라고 하지 않겠어요."

"……."

안성우는 쉽사리 말을 하지 못했다.

지금 하는 말에 따라서 레이아가 영영 자신의 곁을 떠날 수도 있을 거라고 생각했기 때문이다.

또한, 지금까지 자신을 믿고 따라준 수많은 직원들의 얼굴이 머릿속을 스쳐 지나갔다.

어렵고 힘든 일도 많았지만, 그들이 있었기 때문에 지금의 자신이 있다는 것은 부정할 수 없었다.

"후우."

얼마의 시간이 흘렀을까?

무거운 공기 속에서 안성우가 깊은 한숨을 내쉬었다.

"미안. 내가 너무 말을 쉽게 했던 것 같네."

"……."

"그리고……."

자신을 바라보는 레이아를 향해 안성우가 힘들게 말을 이었다.

"KV 그룹과는 식사 자리를 한번 갖도록 하지. 레이아, 자네도 함께 하는 걸로 해서 말이야."

안성우의 말이 끝나자 레이아의 얼굴 만면에 기쁨의 미소가 피어났다.

자신의 간절함이 통했다고 생각하기 때문이다.

"정말…… 정말…… 잘 생각했어요! 굳이 그쪽과 손을 잡을 필요도 없어요. 단지, 서로에게 있는 불필요한 오해만 풀면 되니까요. 지금은 그것만으로도 충분해요."

"그래, 그리고 정부 쪽 속사정이 뭔지도 좀 알아봐주게. 그래야 임원들을 소집해서 앞으로의 방향에 대한 계획을 세울 수 있을 테니까. 또 건설이나 조선, 유통 등 해외 쪽으로 진출할 가능성이 있는 기업들을 상대로 최근 어떤 움직임이 있는지도 알아봐주고. 아! 그리고 선거가 끝나면, 야당 쪽 의원들의 동향도 파악할 필요가 있을 거야. 일단 당선이 되고 나면 분명 새로운 움직임을 보일 테니까."

"걱정 말아요. 이미 믿을 만한 사람들을 시켜서 정부 쪽 동향을 살피라고 했으니까요. 그리고 나머지 부분들은 곧장 조사를 시작하도록 할게요."

레이아가 자신 있게 말했다.

그리고 가볍게 주먹을 쥐며 생각했다.

'역시 안은 변하지 않았어. 옆에 그 사람만 없다면…….'

순간적으로 레이아의 머릿속에 떠오른 생각.

하지만 그 생각은 다시 들려오는 안성우의 목소리로 인해 오래가지 못했다.

"마지막으로……."

잠시 망설이던 안성우가 이내 고개를 저었다.

"아니, 이건 내가 알아서 하지. 후우. 그보다 레이아, 잠시 혼자 있고 싶은데 괜찮겠나?"

안성우의 요청에 레이아가 고개를 끄덕였다.

이미 그녀로서는 원하던 목적을 모두 달성한 셈이었다.

"알았어요. 그럼, KV 그룹과 약속이 잡히는 대로 알려줄게요."

처음 들어왔을 때와 달리 얼굴 만면에 미소가 걸린 레이아가 문을 향해 걸어갔다.

또각– 또각–

문 앞에 선 레이아가 고개를 뒤로 돌리며 말했다.

"안, 당신은 경영자로서 현명한 결정을 내린 거예요."

한마디를 남긴 레이아는 미련 없이 회장실을 벗어났다.

그 뒷모습을 물끄러미 바라보는 안성우가 착잡함이 어린 표정으로 시선을 내렸다.

그곳은 할아버지의 일기장이 담긴 서랍이 있는 곳이었다.

TIME
ROULETTE
타임룰렛

Chapter 100. 증평에서 생긴 해프닝

세상 모든 일이 계획대로 이뤄진다면, 실패 같은 단어는
생기지 않았을 것이다.

그리고 모든 사람을 믿을 수 있다면, 거짓말이라는 인간
최대의 무기 또한 탄생하지 않았다.

적어도 희대의 사기꾼이자 바람둥이였던 비도크는 그렇
게 믿고 있었다.

또한, 조선의 임금이었던 이산은 세상에서 믿을 수 있는
건 자기 자신뿐이며, 누군가를 믿고 의지하는 것은 훗날 자
신의 뜻을 저버릴 것에 대한 무게 또한 감내하는 것이라고
생각했다.

하지만 이런 기억을 가지고 있음에도 불구하고 나는 단 한 번도 이에 대해서 심각하게 고민을 해 본 적이 없었다.

만약 우연히 그 영화를 보지 않았다면, 앞으로도 쭉 이와 관련해서 생각을 하지 않았을 것이다.

증평으로 내려가는 길.

경부 고속도로에 진입할 무렵, 아버지께 전화를 걸었다.

뚜—뚜—

몇 번의 통화음이 흘러나오기도 전에 휴대폰 너머로 반가운 목소리가 들려왔다.

[우리 아들! 어쩐 일이니?]

"아버지, 잘 지내시죠?"

[그럼! 이 아버지야 잘 먹고 잘 지내지. 넌 요새 어떠냐? 공부하느라 힘들지?]

웅성웅성—

막 대답을 할 무렵 주변에서 시끄러운 소리가 흘러나왔다.

[여기 머리고기 좀 더 줘요!]

[아이고, 이게 어쩐 일이래! 이렇게 갈 사람이 아닌데.]

[소주 좀 더 주쇼!]

[정필이! 이리 와봐. 여기 소중이가 왔어!]

"아버지, 지금 집 아니세요?"

수화기 너머로 들리는 소리들을 유추해보면, 흔히 상갓집에서 들을 수 있는 말들이었다.

그리고 이런 예상은 틀리지 않았다.

[지금 아시는 분이 상을 당해서 해남에 내려와 있단다. 아무래도 내일쯤 올라갈 것 같은데, 무슨 일이 있니?]

가는 날이 장날이라고 했던가?

해남이라면, 서울에서 족히 4시간 이상은 걸리는 거리였다.

"……아, 별건 아니고 그냥 내일 집에 내려가려고요."

[내일 온다고? 그래, 알았다. 몇 시쯤 올 거니?]

이미 증평으로 내려가는 길이었지만, 사실대로 말씀드리면 괜히 걱정만 하실 게 뻔했다.

지금은 선의의 거짓말이 필요할 때였다.

"저녁쯤에 내려갈 것 같으니까 천천히 올라오셔도 될 것 같아요. 항상 안전 운전하시고요."

[그래, 알았다. 점심 때 출발할 것 같으니까, 내일 만나서 오랜만에 부자지간끼리 소주나 한잔하자꾸나.]

"네, 아버지. 그럼, 내일 뵐게요."

짧막한 통화를 끝내고 나니 절로 한숨이 흘러나왔다.

"후우, 집에 가서 청소나 해야 하나."

중학교, 고등학교, 대학교 모두 서울에서 다녔으니 증평에는 친구는커녕 지인이라고 할 만한 사람이 한 명도 없었다.

그렇다고 아버지도 없는 빈집에 가서 혼자 있자니 시간이 너무 일렀다.

아침 일찍부터 나섰기 때문에 증평에 도착해도 점심시간밖에 되지 않을 것이다.

"차를 돌리고 그냥 내일…… 아!"

일정을 변경할까 하다가 떠오른 한 사람.

그나마 증평으로 가는 길에 유일하게 알고 있는 사람이 한 명 있었다.

"그러고 보니 그날 이후 제대로 고맙다는 말도 못했는데."

레드짐의 관장 문세아.

처음 인연의 시작은 그리 좋지 못했다.

하지만 아버지가 사고를 당했을 당시, 그녀가 도와줬기 때문에 수술을 무사히 마칠 수 있었다는 건 분명한 사실이었다.

"선물이라도 좀 사서 가볼까? 그런데…… 체육관이 망한 건 아니겠지?"

처음 방문했을 당시, 레드짐은 넓은 체육관의 크기에 비해 운동을 하는 회원들은 몇 사람 되지 않았다.

계속해서 그와 같은 상태로 체육관을 운영했다면, 속된 말로 문을 닫을 수도 있는 일이었다.

하지만 다행히도 이런 걱정은 내 기우에 불과했다.

"허리 돌리고! 허리! 왜 허리가 돌아가니까 다리가 안 돌아가?"

"잽! 잽! 원투! 잽! 잽! 원투!"

"숙이고! 숙이고! 숙이라니까!"

"회원님! 자꾸 시계 쳐다보지 마세요. 그런다고 1분이 3분으로 변하지는 않습니다."

"자, 이번에는 스피드 백을 치겠습니다. 준비해주세요."

마트에 들려 고기를 비롯한 각종 과일을 사서 레드짐에 발을 딛는 순간, 안쪽에서 뜨거운 열기가 물씬 풍겨 나왔다.

정신을 차리고 체육관 내부를 살펴보니, 수십 명이나 되는 사람들이 구슬땀을 흘리며 운동에 매진하는 중이었다.

"……내가 체육관을 잘못 찾아왔나?"

혹시나 하는 생각으로 체육관 입구의 간판을 다시 봤지만, 레드짐이라는 문구는 당시 내가 방문 했을 때와 달라진 게 없었다.

"안녕하세요. 레드짐입니다. 어떻게 방문하셨나요?"

잠시 당황하고 있을 무렵.

안쪽에서 나와 비슷한 또래의 여성이 미소를 지은 얼굴

로 걸어 나와서 말을 걸어왔다.

"아, 그게……."

"혹시 방송 보고 신규 가입하시려고 오셨나요?"

"방송이요?"

내가 고개를 갸웃거리며 되묻자 여성이 입구에 있는 모니터를 가리켰다.

모니터에서는 녹화된 뉴스 방송이 연속해서 재생되고 있었다.

[청주 시내를 떠들썩하게 만들었던 연쇄 살인범 김 모 씨가 오늘 오전 증평의 한 찜질방에서 검거됐습니다.

김 씨는 최근 연이어 발생한 충북 지역 살인사건의 용의자로 물망에 오른 뒤 경찰의 추격을 받고 있었는데요.

금일 오전 증평의 한 찜질방에서 미성년자를 상대로 성추행을 하던 도중, 전 여자복싱 슈퍼페더급 세계챔피언 문세아 씨에게 발견되어 제압당했습니다.

현장에 출동한 경찰은 김 씨가 미성년자인 오 씨를 성추행하던 도중 문세아 씨에게 발견되어 복부에 총 두 번의 공격을 허용하고 그 자리에서 기절했으며, 당시 소란스러운 소리를 듣고 달려온 찜질방 주인이 기절한 김 씨가 현상 수배범임을 알고 경찰에 신고함에 따라 즉각적인 출동으로 이루어져 빠른 검거가 가능했다고 사건의 경위를 밝혔습니다.

문세아 씨는 인터뷰를 통해 사회적 약자로 취급받는 여성도 훈련을 통해 충분히…….]

　충북 지역에서 발생한 연쇄살인 사건은 뉴스를 통해 들어 본 적이 있는 얘기였다.

　범인은 충북 지역에서만 총 16건의 살인을 저지른 남성으로 체포 당시 나이는 불과 28살에 불과했다.

　뉴스에 의하면 그는 자신이 우울증으로 인해 꾸준히 정신 병원을 다녔으며, 살인을 했을 당시 술을 마셨다는 점을 이유로 당시의 일이 아무것도 기억이 나지 않는다는 등의 발언을 했다고 한다.

　덕분에 이 소식을 들은 국민들에게 큰 공분을 사서 한때는 유명무실해진 사형 제도를 다시 부활시켜야 한다는 집회가 열리기도 했다.

　'그런데 그 사람을 잡은 게 문세아 씨라니, 세상 참 신기하네.'

　놀라우면서도 한편으로는 레드짐의 회원이 이렇게 늘어난 게 이해가 됐다.

　똑같은 체육관이라고 해도 사람들은 항상 이슈에 목말라 있다.

　가격이 비슷하다면, 이왕지사 유명한 체육관에 다니고 싶은 게 사람의 심리였다.

연예인이 다니거나 혹은 연쇄 살인범을 두 주먹으로 때려잡은 관장이 있는 그런 체육관 말이다.

"저기요?"

"아, 죄송합니다. 전 신규 등록을 하러 온 게 아니라 문세아 관장님을 만나러 왔습니다."

"혹시 인터뷰 때문인가요?"

아래위로 내 모습을 훑어본 여성이 조심스럽게 물었다.

아무래도 그 사건 이후로 인터뷰를 하겠다고 찾아온 기자들이 제법 있었나 보다.

"아니요. 관장님 지인입니다."

손에 들고 있는 선물 보따리를 슬며시 들어 올리자 그제야 여성이 알겠다는 작은 탄성을 내질렀다.

"아!"

"연락을 하지 않고 오기는 했는데, 혹시 지금 체육관에 안 계신가요?"

"아니요. 체육관에 계세요. 그런데 지금 한창 미트를 받아 주시는 중이라…… 일단, 이쪽으로 따라 오세요."

여성의 안내에 따라 걸음을 옮긴 곳은 체육관 안쪽에 마련되어 있는 링이었다.

링 위에는 지친 듯 연신 숨을 헐떡이고 있는 20대의 남성과 한껏 화가 난 표정의 문세아가 있었다.

탕!

문세아가 손에 들고 있던 미트를 링의 바닥으로 내던지며 소리쳤다.

"야! 기정혁! 당장 내일모레 시합을 나가는 녀석이 술을 마셔? 네가 아주 미쳤지? 그렇게 해서 이길 수 있을 만큼 상대가 만만해? 아님, 복싱이 장난이야?"

"헉헉……. 죄송합니다. 어제 친구 생일이어서 그만……."

"지금 그걸 변명이라고 하는 거야? 잘한다! 고등학생이 술이나 먹고. 너 분명히 나랑 약속했지? 챔피언 벨트 손에 넣을 때까지 착실하게 운동만 하겠다고? 아니면, 벌써 포기하고 그때의 양아치로 돌아갈 생각이야?"

연신 화를 내는 문세아의 태도에 기정혁이 입술을 살짝 깨물고 고개를 치켜 올렸다.

"……관장님! 어차피 제 또래 애들 중에 저랑 붙어서 이길 만한 애도 없잖아요? 저번에 그 유망주라고 해서 왔던 녀석도 스파링에서 저한테 떡이 되도록 맞았는데, 술 한 번 먹은 것 가지고 너무하시는 거 아닙니까? 그리고 관장님 눈에는 부족해 보일지 몰라도, 저 나름대로 열심히 운동하고 있는 거라고요!"

"이 자식이 보자보자…… 응? 정훈 씨!"

막 화를 내려던 문세아가 뒤늦게 날 발견하고는 화들짝 놀라는 모습을 보였다.

획!

가볍게 링을 뛰어넘어 아래로 내려온 문세아가 성큼성큼 걸어오더니 말했다.

"연락도 없이 여긴 어떻게 왔어요?"

"늦었지만, 약속 지키려고 왔습니다."

"약속?"

오른손에 들고 있던 황금 보자기 상자를 눈높이에 맞춰 들어 올렸다.

"소고기. 한우 사드린다고 했잖아요. 여기 투 플러스로 사왔습니다."

식당에서 소주 한 잔을 하면서 나눴던 약속.

그제야 의미를 깨달은 문세아의 얼굴이 밝아졌다.

"빈말인 줄 알았는데, 진심이었나 봐요?"

"물론이죠. 은혜는 갚아야 하니까. 그런데 지금 좀 바쁜 거 아니에요?"

링 위에는 문세아의 꾸중으로 인해 얼굴이 팍 상한 기정혁이 서 있었다.

문세아가 힐끗 고개를 돌리며, 기정혁의 얼굴을 확인하고는 한숨을 푹 내쉬었다.

"하긴 지금은 대화를 하기가 좀 그렇겠네요. 시간 괜찮으시면, 관장실에서 기다려 주시겠어요? 아님, 가볍게 운동을 하고 있어도 좋고요. 라커룸에 들어가면 회원용 운동

복이 있으니까 그걸 써요. 이렇게 왔는데 오랜만에 소주 한
잔 해야죠."

"그럼, 그럴까요?"

내일 아버지가 돌아오실 때까지는 딱히 약속도 없기 때
문에 흔쾌히 문세아의 제안을 수락했다.

'민 박사 쪽도 섣불리 움직이지는 않을 테니까.'

민 박사와 박 팀장에 대한 일이 마음에 걸리기는 했지만,
그쪽도 자신들이 움직이는 순간 우리와는 적이 될 수 있다
는 사실을 안다.

그 사실을 아는 이상 제대로 된 준비 없이 칼을 드리우지
는 않을 것이다.

또한, 나 역시 그들이 정말 원하는 것이 뭔지 모르는 이
상 섣불리 두 사람을 자극할 수는 없다.

일단 중요한 것은 박 팀장, 박무봉의 현 소재를 파악하는
것이다.

"그럼, 조금만 기다려줘요. 기정혁! 아직 3세트 남았어!
다시 준비해!"

탓!

링 위로 올라간 문세아가 표정을 바꾸고는 바닥에 던졌
던 미트를 주워들었다.

"아! 관장님! 벌써 10세트인데. 사람 죽이실 작정이에
요?"

"앓는 소리 마. 나 현역 시절엔 하루 30세트가 기본이었어. 그리고 내가 누누이 말하지만, 넌 기술에 비해서 체력이 없어. 너보다 피지컬이 압도적인 상대를 이기려면, 체력이 필수라니까! 그리고 복싱은 일단 체력이 좋아야 반은 먹고 들어가니까. 우는 소리 그만하고 자세 잡아!"

"……."

기정혁이 입술을 질끈 거리다가 이내 팔을 올리며 자세를 잡았다.

뭐라고 변명을 하고 싶어도 문세아의 말이 전부 사실이었기 때문이다.

"저렇게 보여도 저 친구가 저희 체육관 에이스예요."

옆에서 들리는 목소리에 고개를 돌리니, 입구에서 길 안내를 해줬던 여성이 서 있었다.

"아! 아까 입구에서?"

"체육관 매니저이자 치료사인 채시아라고 해요."

"매니저이자 치료사요?"

조금 이상한 소개에 고개를 갸우뚱거렸다.

채시아가 빙긋 웃으며 말했다.

"제가 물리 치료사랑 스포츠 마사지 자격증이 있거든요. 그래서 이곳에서 매니저로 일하면서 종종 근육이 심하게 뭉친 회원들을 치료도 해주다 보니, 회원님들이 치료사라고도 부른답니다."

확실히 운동을 하다보면, 자주 발생하는 게 근육 뭉침이었다.

일반적으로 이런 근육 뭉침은 다시 운동을 해서 푸는 게 정석이다.

하지만 대부분의 사람들은 근육이 뭉치면, 운동에 대한 의욕을 잃어버리는 게 보통이었다.

이 때문에 정상적으로 운동을 배운 사람들은 운동을 하는 것보다 하고 나서 몸을 풀어주는 것이 중요하다고 늘 강조한다.

하지만 시간에 쫓기다 보면, 마무리 운동은 당연히 소홀해질 수밖에 없고, 그 다음날 근육통 또한 어김없이 찾아올 수밖에 없다.

그런데 체육관에서 물리 치료와 스포츠 마사지를 병행해준다?

몸이 힘들더라도 그 체육관에 다니는 회원은 당연히 다시 체육관을 나가고 싶을 것이다.

치료도 받고 운동도 하면, 그 만족감은 두 배 이상 될 게 분명했다.

"회원들이 좋아하겠네요. 이렇게 미인이 치료해주시면, 싫어할 사람이 없을 테니까요."

"헤헤."

미인이라는 소리에 채시아의 입가에 미소가 걸렸다.

"그보다 저 사람이 여기 에이스라고요?"

"아! 정혁 씨요? 맞아요. 체육관에 등록한 지는 6개월 정도밖에 안 됐는데, 인근의 내로라하는 체육관 유망주들을 모두 이겼거든요. 듣기로는 지역에서 알아주는 쌈짱이었대요."

"쌈짱? 싸움 짱이요?"

채시아의 설명에 좀 더 진지한 눈으로 기정혁을 쳐다봤다.

확실히 키나 골격, 근육의 상태는 훌륭했다.

꾸준히 운동을 한다면, 분명 운동 쪽에서는 대성 할 타입이었다.

꾸준히만 한다면 말이다.

"그런데 체육관에는 어떻게?"

"그게 음……."

잠시 망설이던 채시아가 주변의 눈치를 보다가 작은 목소리로 말했다.

"인근 체육관에 다니는 학생들한테 단체로 린치를 당하고 있던 걸 관장님이 구해준 게 계기가 됐어요."

"단체 린치요?"

"정혁이한테 1:1로 깨진 애들 중에서 운동하는 애들이 있었는데, 열이 받았는지 단체로 사람들을 끌고 와서 정혁이를 공격했대요. 아무리 싸움을 잘한다고 해도 숫자에는 장사 없는 법이잖아요. 그때 저희 관장님이 딱 나타나서 정혁이를 구해준 거죠."

마치 소년 만화에서나 볼 법한 얘기였다.

사고뭉치에 싸움만 하던 소년이 어느 날 참된 스승을 만나 운동에 입문하고, 챔피언이 되는 그런 내용이 떠올랐다.

'흐음, 확실히 평범한 사람은 아니라니까.'

연쇄 살인범을 잡은 것도 그렇고 린치를 당하는 학생을 구해준 것을 보면, 확실히 평범한 사람이 할 수 있는 일은 아니었다.

아니, 전직이라고는 하지만 애초에 국내는 물론 세계에서도 챔피언 타이틀을 가지고 있었으니 평범한 사람이라고는 할 수 없는 게 맞을 것이다.

채시아가 링 위의 기정혁을 바라보며, 말을 이었다.

"집단 린치에서 한 번 구해주기는 했지만, 그대로 두면 또 같은 일이 생길 것 같아서. 관장님이 정혁이한테 체육관에 가입할 것을 권유했어요. 대신에 인근 체육관 관장님들한테 직접 전화를 돌려서 앞으로 전과 같은 일이 없도록 신경을 써달라고 말씀하셨죠."

"당연히 저 친구는 앞으로 자신이 책임지고 관리하겠다고 말했겠죠?"

"헤헤, 역시 관장님 지인이라서 잘 아시네요. 맞아요. 만약 어디서 또 애들을 때리고 다닌다는 말이 들리면, 자기가 가서 박살을 내놓겠다고 했어요."

채시아가 웃으면서 고개를 끄덕였다.

시선을 돌려 문세아와 기정혁을 쳐다봤다.

'아마 재능을 봤기 때문이겠지?'

문세아와의 첫 만남을 생각해보면, 단순히 기정혁에게 측은지심이 들어서 이와 같은 선택을 한 것은 아닐 것이다.

어찌됐든 문세아는 세계 챔피언, 복싱으로 최정상의 자리에 올랐던 선수였다.

당연히 기정혁에게서 운동선수, 그중에서도 격투기 선수로서의 재능을 봤으니 그런 선택을 한 것이다.

"……재능은 있어 보이는데, 그래도 아직은 갈 길이 멀겠네요."

"네?"

"저 친구 확실히 실력은 있는 것 같은데. 나쁜 버릇이 많아요. 아무래도 싸움으로 스타일이 정해졌다 보니, 운동을 체계적으로 배운다고 해도 고치기 어렵겠죠. 아마 자기와 비슷하거나 조금 낮은 기량의 사람과 시합할 경우, 상대가 저 친구의 버릇을 발견한다면 꽤나 치명적일 겁니다."

지금의 지식은 마이클 도먼의 기억에서 비롯된 것이었다.

네이버 실의 교관이었던 마이클 도먼은 격투기의 달인임과 동시에 이론적으로도 방대한 지식을 가지고 있었다.

그의 아버지는 복싱 선수였고 어머니는 펜싱 선수였기 때문이었다.

채시아가 눈을 동그랗게 뜨고 물었다.

"나쁜 버릇이요? 정혁이한테 그런 게 있어요?"

"음, 쉽게 말하면 자기가 의식하지 못한 사이에 계속해서 보이는 행동 같은 겁니다. 예를 들어서 잽을 날리기 직전에 보이는 특이한 행동이 있다면, 상대는 그 사실을 알고 역으로 카운터를 날릴 수 있겠죠."

"그런 건 프로 정도 되는 사람이나 할 수 있는 거 아니에요?"

그녀의 질문에 고개를 끄덕였다.

"물론이죠. 하지만 문제는 프로가 돼서 그 버릇을 깨닫는다면, 거의 고치지 못한다고 봐야 할 겁니다. 몸에 각인되듯 기억된 버릇을 고치는 건 쉬운 일이 아니니까요."

"으음."

"아마 빠른 시일 내에 그 버릇을 고치지 못하면, 국내 이상의 무대를 노리기에는 힘들 겁니다."

채시아가 고개를 갸웃거리며, 내 말을 되짚어 갈 때였다.

댕-

3분을 알리는 종소리와 함께 링 위에서 성난 고함 소리가 터져 나왔다.

"야! 너 지금 뭐라고 했냐?"

Chapter 101. 영원한 친구도 적도 없다.

링 위로 시선을 돌리니, 성난 황소처럼 씩씩거리고 있는 기정혁의 모습이 보였다.

그는 당장이라도 링 아래로 내려올 것 같은 자세를 취하고 있었다.

"이 새끼가 듣자듣자 하니까, 뚫린 대로 지껄이고 있네? 입으로는 자기가 타이슨이고 레너드지."

"기정혁! 너 지금 뭐하는 짓이야!"

문세아의 지적에 기정혁이 눈을 치켜뜨며 말했다.

"관장님도 들었잖아요. 미트 치는데 저 새끼가 저기서 제 흉보는 거. 아니면, 관장님이랑 아는 사이라고 지금

감싸는 거예요?"

"야! 너 내가 성질 좀 죽이라고 했지? 그리고 누가 네 멋대로 훈련 중에 멈추래!"

"저 자식이 먼저 내 흉을 봤다니까요!"

문세아가 오른손으로 머리를 짚었다.

기정혁은 다 좋은데 지금처럼 그 성질이 너무 불같았다.

그렇다고 해서 성격이 완전히 개차반이거나 또라이는 아니었다.

다만, 자기 자신에 대한 프라이드가 너무 강해서 욱할 때가 많다는 것이 문제였다.

실력 있는 선수에게 자기 자신에 대한 프라이드는 무척 중요하다.

본인이 자신에 대한 믿음이 없다는 것은 이미 승패와 상관없이 진 것이나 마찬가지였기 때문이다.

하지만 그건 어디까지나 프로로서의 마음가짐이지 한창 운동을 배우는 시기에는 단순한 고집과 아집이라고 할 수밖에 없었다.

스윽-

"미안합니다. 그쪽 기분 나쁘라고 한 말은 아니었습니다. 사과하겠습니다."

내 입장에서는 단지 기정혁에게서 보이는 나쁜 버릇을 지적한 것에 불과했다.

하지만 얘기를 듣는 당사자 입장에서는 충분히 기분이 나쁠 수도 있다는 점은 이해한다.

그렇기 때문에 욕설을 들었지만, 자리에서 일어나서 곧장 사과를 건넸다.

"사과? 지금 장난하나. 그래, 아까 보니까 어디서 주워들은 건 많은가 본데, 그딴 개소리들은 실전에서는 아무런 쓸모가 없다는 걸 알려 줄게. 거기 너! 당장 링 위로 올라와라."

"아까 일이라면, 미안합니다. 말실수를 한 제 잘못이니 사과하겠습니다."

분명 내가 잘못한 일이 맞기 때문에 한 번은 참았다.

그리고 두 번째 사과를 건넸다.

"왜 나불대던 입만큼 실력은 안 되나 보지? 링 위에 올라오면 처 맞을 것 같아서 쫄았냐?"

두 번째도 참았다.

"기정혁! 너 진짜 그만해라."

문세아가 분노를 참기 위해 호흡을 고르며, 입을 열었다.

"후우, 넌 이 새끼야. 만약 길에서 만났으면 진짜 뒈졌다."

급기야 기정혁이 글러브를 벗어 던지며, 가운데 손가락을 내밀었다.

"야 이 새끼야!"

그 모습에 결국 화를 참지 못한 문세아가 성난 얼굴로 소리를 내 질렀다.

그리고 그건 나 또한 마찬가지였다.

말실수를 했지만, 그렇다고 세 번을 참아 넘길 정도로 난 성인 군자가 아니었다.

"후우, 역시 성질이 보통이 아니네. 근데 그런 성격으로는 프로로 데뷔해도 얼마 못 갈 텐데."

"뭐?"

저벅저벅—

링을 향해 걸음을 옮기자 당황한 채시아가 재빨리 앞으로 튀어나오며, 팔을 잡았다.

"어어? 어쩌시려고요?"

"음, 고삐 풀린 망아지한테 채찍 좀 때려줄까 합니다."

"네?"

획—

당황하는 채시아를 두고 그대로 로프를 뛰어넘어 링으로 올라왔다.

"정훈 씨, 미안해요. 아무래도 진짜 오늘은 저 녀석 버릇을 고쳐놔야겠네요. 제자한테는 절대 폭력을 쓰지 않겠다고 다짐했었는데."

"괜찮아요. 그런데 알고 계셨죠? 저 친구 훈련할 때 나쁜 버릇 있는 거요."

문세아 정도의 실력이라면, 기정혁의 나쁜 버릇을 몰랐을 리 없었다.

잠시 망설이던 문세아가 고개를 끄덕였다.

"네, 하지만 그런 버릇은 말해 준다고 해도 본인이 납득하지 못하면 소용없어요. 보통은 비슷한 또래한테 한번 크게 당해봐야 정신을 차리는데, 그러기에는 주변에 마땅한 상대도 없고요. 그렇다고 타 지역이나 프로급 선수를 불러와서 스파링을 시키기에는 아직 내세울 게 없는 처지라……."

문세아의 설명을 들으니, 그녀로서도 이래저래 고민이 많았던 것 같다.

"그럼, 제가 잠깐 저 친구 좀 봐도 될까요?"

"네?"

"걱정하지 않으셔도 돼요."

"그 걱정은 하지 않는데, 괜찮겠어요? 그냥 붙는 거랑 가르치는 건 다를 텐데? 단지 때려 눕혀서는 저 녀석 성격에 성질만 더 낼 거예요."

내가 병원에서 두 명의 경호원을 단숨에 제압하는 장면을 바로 코앞에서 본 적이 있는 문세아였다.

만약 그 장면을 보지 못했다면, 당연히 내 제안을 거절했겠지만, 대강 실력을 알고 있기에 그 부분에서 만큼은 특별한 걱정을 보이지는 않았다.

"괜찮아요. 글러브는 이거 쓸게요."

링 위에 걸린 글러브를 양손에 끼고 기가 차는 표정으로 서 있는 기정혁에게로 걸어갔다.

"미쳤냐? 미리 말하지만, 난 관장님이랑 아는 사이라고 봐주는 거 없다. 관장님도 만약 이 녀석 봐주라고 말할 거면, 지금 말하세요. 그때 일은 고맙지만, 당장 운동 때려치울 테니까."

자신을 향해 소리치는 기정혁을 향해 문세아가 한숨을 쉬었다.

"후우, 그런 말은 하지 않을 테니까 걱정 마. 그보다 만약 네가 지면 어떻게 할 거야?"

"져요? 내가? 관장님이야말로 어제 먹은 술이 덜 깨신 거 아니에요?"

"말하는 모양새 하고는. 그래, 만약 지면 이거 어때? 지금부터 술이랑 담배 모두 금물이고, 하루에 체육관에서 6시간 이상은 운동하는 거다? 물론 기간은 전국체전이 끝날 때까지고. 어때?"

"대신 내가 이기면 운동은 내가 하고 싶을 때만 할 겁니다. 콜?"

기정혁의 제안에 문세아는 망설임 없이 고개를 끄덕였다. 그 모습에 내가 머리를 긁적거리며 말했다.

"저기 그러다가 진짜 내가 지면 어떡하려고 그래요? 저 친구가 여기 에이스라면서요."

"그럼, 정훈 씨가 대신 체육관에 들어오면 되죠."

"네?"

"농담이에요. 그렇지 않아도 정혁이 저 녀석, 한 번쯤은 비슷한 또래에게 콧대가 눌릴 필요가 있었어요. 그러니, 잘 부탁할게요."

직관적으로 해석하자면, 정신무장이 필요한 시기라는 뜻이었다.

스윽―

앞으로 걸어 나온 문세아가 오른쪽의 기정혁과 왼쪽의 나를 번갈아 가라보며 말했다.

"시합은 3라운드. 룰은 공식 룰입니다."

기정혁이 피식 웃으며 말했다.

"관장님, 저 녀석 헤드기어랑 마우스피스 안 줘도 됩니까? 저러다 이빨 다 나갑니다."

문세아의 시선이 내게로 향하자 난 가볍게 고개를 저었다.

문세아가 고개를 끄덕이고는 양손을 앞으로 내밀었다.

"그럼, 시작!"

댕―

종이 울림과 동시에 기정혁이 번개 같은 속도로 달려들었다.

"새끼, 죽었다고 복창해라."

분노 어린 표정의 기정혁은 거리가 가까워짐과 동시에 탐색전 따위는 필요 없다는 듯 잽을 날렸다.

하지만 내게 있어서 그의 주먹은 굼벵이가 기어오는 것만큼 느리기 짝이 없었다.

기본적인 신체 능력이 압도적으로 차이가 나는 이유도 있지만, 내게는 격투기에 한해서는 사기적인 스킬이 존재하기 때문이었다.

〈격투술〉

고유: 패시브

등급: D+

설명: 20세기 미 해군 소속 특수부대 네이비실의 훈련 교관이자 보디가드였던 마이클 도먼의 고유 특기입니다.

효과: 눈으로 보고 몸으로 체감한 격투술을 분석하고 파악, 빠른 속도로 습득합니다. 대상이 되는 상대의 숙련도가 높을수록 더욱 높은 성취를 이룰 수 있습니다. 등급에 따라 습득 가능한 숙련도가 제한됩니다.

유도 종합 숙련도: 50%[MAX]

권투 종합 숙련도: 50%[MAX]

태권도 종합 숙련도: 38%

가라데 종합 숙련도: 5%

킥복싱 종합 숙련도: 3%

주짓수 종합 숙련도: 16%

특공 무술 종합 숙련도 : 50%[MAX]

현재 격투술에 등록되어 있는 격투기는 총 7종.

그중 3종은 등급 제한으로 인해 숙련도가 50%에서 멈춰 있었다.

하지만 이 정도만 해도 국내 정상급 프로들의 실력에 육박하는 수준이었다.

아무리 기정혁이 탁월한 재능을 가지고 있다고 해도 애초에 범과 토끼의 싸움 정도밖에 되지 않는 것이다.

휙–

가볍게 고개를 옆으로 움직여서 기정혁의 주먹을 피해 내고는 곧장 그의 복부에 주먹을 내질렀다.

퍽!

'아예 허당은 아니네.'

그래도 운동을 허투루 한 것은 아닌지 글러브에 닿는 감촉이 제법 딱딱했다.

하지만 딱 거기까지였다.

"컥!"

입에서 헛바람 소리가 터져 나오는 것과 동시에 기정혁의 허리가 새우처럼 굽어졌다.

"첫 번째 나쁜 버릇. 공격할 때 동작이 너무 크고 빈틈이 너무 많아. 그렇다고 공격이 날카롭거나 힘이 있는 것도 아닌데."

"크윽."

입술을 깨문 기정혁의 입에서 신음소리가 흘러나왔다.

그 신음소리에는 당혹감, 분노, 짜증 등 여러 감정이 뒤섞여 있었다.

"후우…… 후우…… 운 좋게 럭키 펀치 한 번 들어간 거 가지고 시합 다 끝난 것처럼 굴지 마시지. 시합은 이제 시작이야!"

숨을 고르던 기정혁이 허리를 바로 세우며 소리쳤다.

그의 이마와 양 볼에는 굵은 땀방울이 송골송골 맺혀 있었다.

"럭키 펀치라. 못 믿겠으면, 다시 공격해보든가. 그럼, 알 수 있을걸? 아까 공격이 운이었는지 아님 실력이었는지."

"이……."

이를 악물었지만, 기정혁은 처음처럼 섣불리 달려들지 않았다.

대신 호흡을 차분히 고르며, 스텝을 밟기 시작했다.

'확실히 센스가 없는 건 아니네.'

지금의 도발을 참지 못하고 달려들었다면, 조금 전의

평가를 수정해야 했을 것이다.

상향이 아니라 하향.

국내에서 챔피언 자리를 두고 다툴 정도의 재능이 아니라, 동네에서 주먹 좀 쓰고 어깨들과 어울려 다니는 수준으로 말이다.

하지만 적어도 기정혁은 일단 승부가 시작되면, 스스로의 감정을 추스를 정도의 능력은 갖추고 있었다.

"공격할 생각이 없으면, 내가 먼저 간다."

탓!

한 발을 앞으로 내디딤과 동시에 몸을 숙이고 곧장 기정혁의 품안으로 파고들었다.

"우읍."

당황한 기정혁이 재빨리 가드를 올렸지만, 그보다 내 주먹이 파고드는 게 먼저였다.

퍽!

오른손으로 날린 잽이 그대로 헤드기어를 쓰고 있던 기정혁의 안면을 강타했다.

쿵!

"커억!"

단 한 번의 잽이었지만, 얼굴 정면에 공격을 허용한 기정혁은 그대로 바닥에 주저앉았다.

그와 동시에 문세아가 나와 기정혁의 사이로 뛰어 들었다.

"중립 코너로! 기정혁, 너 괜찮아?"

문세아가 고개를 숙여 상태를 묻자 링 위에 앉아 머리를 좌우로 흔들던 기정혁이 숙였던 고개를 올렸다.

그리고는 왼쪽 글러브로 자신의 머리를 두드리며, 괜찮다는 제스처를 보냈다.

"쿨럭…… 쿨럭…… 괘, 괜찮아요."

그런 기정혁을 바라보며, 조금 전 내가 느낀 점을 그대로 말했다.

"너 복싱을 배우기 전에는 주로 발을 썼지?"

"……!"

당황하는 눈빛. 그러면서 마치 '이 사람이 언제 나를 만난 적이 있던가?' 라고 고민하는 표정이다.

"그것도 약점 중에 하나다. 무슨 생각을 하는지 얼굴에 다 드러나는 거."

"내가 발을 썼다는 건 어떻게……."

문세아가 뒤로 물러서자, 비틀거리며 자리에서 일어선 기정혁이 물었다.

"몸을 보면 알지."

"몸?"

"내가 잽을 날릴 때 반사적으로 다리가 움찔거렸으니까. 문제는 그 움찔거림이 스텝을 밟아서 피하려던 게 아니라, 다리로 공격을 하려고 했다는 거지. 뒤늦게 이건 복싱이라는 사실을 깨닫고 다리를 멈추고 손으로 가드를 올리는 방법을 택했지만, 너무 늦었어. 물론, 이게 복싱이 아니라 이종격투기였으면, 상황이 달라졌을 수도 있었겠지만."

농담이다.

그 상황에서 기정혁이 발을 썼다고 해도, 결과가 지금과는 크게 달라지지 않았을 것이다.

하지만 이해를 돕기 위해서는 지금과 같이 말하는 편이 좋았다.

"……."

하지만 애써 마음을 써서 설명을 했음에도 기정혁은 믿기지 않는다는 표정으로 날 쳐다봤다.

그건 링 아래서 지켜보고 있던 채시아와 심판인 문세아 역시 비슷했다.

문세아가 있는 위치로 가까이 걸어온 채시아가 물었다.

"관장님, 그 짧은 시간에 저런 걸 판단하는 게 가능해요?"

"당연히 일반 사람은 힘들지."

"그럼요?"

"나 정도 수준은 되어야 알 수 있을걸?"

문세아의 대답에 채시아가 눈을 깜박이며 말했다.

"그럼, 관장님 지인도 세계 챔피언인 거예요? 관장님처럼 복싱? 아니면 이종격투기나 그런 건가요?"

"그, 그건 아닌데…… 아무튼 대단한 사람인 건 맞아."

호기심이 동했는지 채시아가 연신 질문했지만, 정작 문세아로서도 별달리 해줄 수 있는 말이 없었다.

그보다 그녀는 진심으로 놀라고 있었다.

일전에 병원에서 봤을 때와는 비교할 수 없을 정도로 강해졌다는 것을 알았기 때문이었다.

'후우, 대체 어떻게 된 사람이야? 만약 그때 정훈 씨가 내 제안을 받아들였다면…… 아니지, 아냐. 받아들였다고 해도 언젠가는 떠났을 거야. 내가 감당할 크기의 사람이 아니니까.'

가벼운 한숨을 내뱉는 순간, 문세아는 그나마 남아 있던 조금의 미련마저 완전히 사라짐을 느꼈다.

그리고는 이내 고개를 치켜들고, 링 위의 두 사람에게 집중했다.

어찌됐든 지금 자신의 제자는 바로 기정혁이었다.

스승 된 사람으로서, 아집으로 감싸인 제자의 껍질이 깨져 나가는 것을 바라볼 의무가 있었다.

"어때? 한 번 더 해볼래?"

내 물음에 고개를 끄덕인 기정혁이 글러브를 앞으로 내밀었다.

미친개마냥 광기가 어렸던 그의 눈빛은 조금 전과는 많이 달라져 있었다.

　차분히 가라앉아 있는 눈동자에서 호승심과 열정이 보였다.

　마음가짐이 달라졌다는 증거였다.

　"좋아. 그럼, 어디 최선을 다해서 한번 들어와 봐. 대신 나도 봐주지는 않을 거다."

　빠득ㅡ

　이를 악문 기정혁이 몸을 최대한 숙이고는 오른발을 앞으로 힘 있게 내디뎠다.

　탓!

　동시에 그의 몸이 탄환처럼 앞으로 튀어나왔다.

　처음보다 훨씬 빠르고 간결해진 동작이었다.

　"나쁘지 않네."

　"흐압!"

　순식간에 거리를 좁힌 기정혁이 연달아 잽을 날렸다.

　하지만 앞서서 너무 많은 힘을 빼버린 걸까?

　연속적으로 날아오는 잽의 스피드는 제법 빨랐지만, 콤비네이션을 이어가기 위한 정교함은 현저히 부족했다.

　획ㅡ 획ㅡ

　"으드득."

　허리의 반동을 이용해서 몸을 흔드는 것만으로 잽을 피해

내자 기정혁이 더욱 이를 앙다물었다.

동시에 잽을 날릴 때와는 달리 허리가 더 크게 돌아가며 어깨가 뒤로 빠졌다.

'나쁘지 않은 선택이기는 하지만⋯⋯.'

내 입가에 한 줄기 미소가 그려졌다.

퍽!

번개 같이 왼손을 내질러 기정혁의 옆구리를 타격했다.

글러브를 타고 전해지는 묵직한 느낌은 공격이 제대로 성공했음을 알려줬다.

반응은 바로 나왔다.

"으헉!"

충격으로 인해 입이 자연스레 벌어진 것도 잠시였다.

주르륵—

그 틈을 타고 침이 길게 흘러내렸다.

"⋯⋯복싱은 잽이 8할이라는 소리 못 들었어? 잽이 안 통한다고 무조건 큰 공격을 시도하려는 것 역시 나쁜 버릇이야. 복싱은 몸만 움직이는 게 아니라 이 머리도 함께 쓰는 스포츠니까."

"마, 말도⋯⋯ 헉헉⋯⋯ 말도 안 돼."

옆구리를 부여잡은 기정혁이 후들거리는 다리를 간신히 억누른 채 믿을 수 없다는 표정으로 날 쳐다봤다.

댕—

그와 함께 1라운드가 끝났음을 알리는 종이 울렸다.

털썩.

종소리를 들은 기정혁이 곧장 바닥에 주저앉았다.

"당신…… 아니, 너…… 아니 그쪽 대체 뭐 하는 사람이에요?"

반말과 존댓말이 섞인 이상한 말이었다.

그 모습에 내가 피식 웃으며 말했다.

"반말을 할 거면 반말을 하고, 아니면 존댓말을 해. 듣는쪽이 이상하니까."

"……."

녀석의 시선이 심판을 보고 있는 문세아에게로 향했다.

문세아가 어깨를 으쓱거리더니, 자신도 모른다는 제스처를 취해 보였다.

"물 마실래? 아님 수건?"

어느 틈에 재빨리 수건과 물을 챙겨온 채시아가 기정혁을 향해 흔들어 보였다.

"물이나 좀……."

댕–

물을 받기 위해 기정혁이 자리에서 일어서는 순간 1분이지났음을 알리는 종소리가 퍼졌다.

당황한 기정혁이 재빨리 문세아를 쳐다봤지만, 그녀는가차 없이 고개를 저었다.

"시합 개시!"

"젠장!"

입술을 질끈 깨문 기정혁이 떨리는 양팔을 들어 올렸다.

조금 전, 1라운드의 3분은 지옥처럼 길었을 것이다.

반면, 휴식 시간으로 주어진 1분은 숨 한 번 고른 게 전부였다고 생각될 정도로 대단히 짧게 느껴졌을 게 분명했다.

"계속할 수 있겠어? 아님, 여기서 그만할까?"

여기서 포기한다면, 근성조차 없다고 생각할 수밖에 없다.

그리고 그럴 경우 아무리 생각해도 문세아가 사람을 잘 못 봤다고밖에 할 수 없다.

하지만 다행히도 내 우려는 기우에 지나지 않았다.

"⋯⋯아직 2라운드 남았습니다."

후들거리는 팔을 애써 들어올리며, 기정혁이 억지로 자세를 잡았다.

그 모습에 나도 의식하지 못한 사이 전혀 뜻밖의 말이 흘러나왔다.

"Good! The difference between a successful person and others is not a lack of strength, not a lack of knowledge but rather a lack of will."

❖ ❖ ❖

댕– 댕–

두 번의 종 울림.

그러자 마치 기다렸다는 듯 기정혁이 몸을 뒤로 젖히며 링 위에 대짜로 널브러졌다.

"꺼억…… 꺼억…… 졌…… 어. 아니, 졌…… 습니다."

숨소리는 거칠다 못해 숨이 넘어가기 일보 직전이었다.

하지만 그 와중에도 녀석은 깔끔하게 자신의 패배를 인정했다.

"수고했다."

반면, 내 입에서는 거친 숨소리 한 번 흘러나오지 않았다.

'이 정도야 소방 장비 입고 사람까지 둘러메고 나오던 거에 비하면 식후 운동이지. 그보다 저 녀석, 꽤 하잖아?'

사실 마이클 도먼의 기억에 의하면, 기정혁의 실력은 그리 대단한 수준은 아니었다.

하지만 내가 감탄한 것은 그의 실력보다는 의지였다.

몇 번이나 다운을 당했음에도 포기하지 않는 근성은 확실히 칭찬할 만했다.

그 때문일까?

처음 기정혁의 태도로 인해 화가 났던 마음 역시 어느새 사라져 있었다.

"고생하셨습니다. 자, 여기 수건이랑 물이요. 그리고 혹시 근육이 아프거나 이상하면, 즉시 말씀해주세요."

옆으로 다가온 채시아가 준비해뒀던 수건과 물병을 건넸다.

사실 땀을 닦을 정도로 격하게 움직인 것은 아니었지만, 보는 눈이 있기 때문에 수건을 받아 들고 대충 닦는 척을 했다.

"그나저나 대단하네요. 이길 줄은 알았지만, 정혁이를 이 정도까지 몰아붙일 줄은 몰랐어요. 아마추어 중에서 쟤를 이 정도로 완벽하게 이길 수 있는 사람은 아마 없을걸요?"

기정혁의 상태를 살피고 돌아온 문세아는 감탄의 목소리를 토해냈다.

"그 정도는 아닌 것 같은데. 제자라고 실력을 너무 추켜세우는 거 아닌가요?"

"내가 그런 사람으로 보여요? 시아야! 네가 한번 말해봐."

문세아의 요구에 채시아가 고개를 끄덕였다.

"관장님 말씀대로 아마추어들 사이에서는 유명해요. 이건 처음 말씀드리는 건데, 인터넷 카페에 쌈신이라는 곳이 있거든요. 전국에 난다 긴다 하는 사람들의 싸움 실력을 랭크로 표시해두는 곳인데, 정혁이가 10대 랭킹에서는 탑5예요."

문세아가 깜짝 놀란 얼굴로 되물었다.

"뭐야? 무슨 그런 이상한 사이트가 있어!"

나 역시 처음 들어보는 얘기에 호기심이 생겼다.

"10대에서 탑5면, 전체로는?"

"에이, 당연히 전체 100위권에는 없죠. 20대 위로 넘어가면, 현역에서 활동하는 프로들도 엄청 많으니까요."

채시아가 웃으면서 부연 설명을 곁들였다.

"아무튼, 오늘 고생했어요. 오히려 힘을 빼고 싸우느라 힘들었을 텐데."

"저도 최선을 다했습니다."

엄살을 떨자 문세아가 입술을 삐죽 내밀었다.

"겸손한 척하기는. 이래 보여도 내가 세계 챔피언 출신 이라고요. 그 정도도 구분 못하겠어요?"

문세아의 발언에 난 그저 미소로 답할 수밖에 없었다.

"으으…… 관장님. 아무리 그래도 제자는 나인데 지인 만 챙기는 건 너무한 거 아닙니까? 나도 물 마실 줄 압니 다."

후들거리는 몸을 억지로 일으켜 세운 기정혁이 퉁명스러운 어조로 말했다.

그 모습에 문세아가 기가 막힌 표정을 지었다.

"어쭈? 아직 정신 덜 차렸지? 이번에는 나랑 스파링 좀 할까? 5라운드 어때?"

"아닙니다. 물은 제가 가서 떠먹겠습니다. 사지육신 멀쩡한데 제가 떠먹어야죠. 암요."

스파링이라는 소리에 기정혁이 벼락이라도 맞은 듯 재빨리 몸을 바로 했다.

그리고는 잽싸게 링을 벗어나 정수기를 향해 달려갔다.

그 모습을 지켜보던 문세아가 고개를 좌우로 흔들었다.

"어휴, 쟤가 좀 저래요. 그래도 천성이 나쁘지는 않으니까……. 아까 일은 너무 마음에 두지 말아요. 제가 대신 사과하겠습니다."

"벌써 잊었습니다. 남자들은 싸우면서 정든다고 하잖아요? 저도 스파링을 빌미로 오랜만에 스트레스 좀 풀었고요."

확실히 나도 모르는 사이에 요새 스트레스가 쌓이기는 했나 보다.

글러브를 끼고 주먹을 휘두르니 짜릿한 쾌감이 느껴졌다.

그 때문에 시합 도중 자칫 힘 조절을 잘못할 뻔한 적도 있었다.

"그럼, 다행이고요. 참, 그럼 이제 소주나 한잔하는 게 어때요? 너무 신경 쓰면서 지켜봐서 그런지 갈증이 좀 나는데."

"너무 이른 거 아닙니까?"

시계 바늘이 가리키고 있는 시간은 이제 고작 오후 3시.

창밖에는 아직 해가 중천에 떠 있었다.

문세아가 어깨를 으쓱거리며 말했다.

"이르다니요! 원래 술은 낮술이 맛있는 법인데."

대학교 1학년 시절 자주 들었던 소리였다.

"체육관 관장님이 그런 소리를 하니까 뭔가 웃기네요."

"그래요? 아무튼 내가 아주 기가 막힌 장소를 알고 있으니까. 거기로 가서 한잔하죠."

"체육관은 어떻게 하고요?"

나야 이후로 다른 스케줄이 없으니까 지금부터 술판을 벌여도 상관은 없었다.

하지만 체육관에는 아직 수십 명이나 되는 사람들이 구슬땀을 흘리고 있었다.

기정혁과 마찬가지로 관장인 문세아가 미트를 받아주는 등의 훈련을 시켜 줄 회원이 남아 있을 수도 있는 노릇이었다.

"후후! 이래 보여도 요새 체육관이 좀 잘돼서 추가로 코치들 좀 뽑았어요. 그리고 자영업자 좋은 점이 뭐겠어요? 쉬고 싶을 때 쉬는 거지. 땡땡이친다고 종업원이 사장보고 뭐라고 하지 않잖아요? 흐흐."

역시 만고의 진리.

음식은 먹어본 사람이 그 맛을 알고, 자고로 돈은 일단 벌어 놓고 봐야 한다.

불과 1년 전만 해도 한 명의 회원 때문에 희로애락을 겪던 사람이 인제는 당당히 땡땡이를 치겠다고 말하고 있으니 말이다.

'하긴 내가 남 보고 그런 소리를 할 처지는 아니지.'

지난 1년이 넘는 기간 동안 그 누구보다 변한 사람은 세상천지를 뒤져봐도 나밖에 없을 것이다.

획-

가볍게 로프를 넘어 링 밖으로 내려온 문세아가 말했다.

"아까 선물로 사온 고기 들고 따라와요. 지금부터 기가 막힌 장소로 갈 테니까."

강철로 된 그릴에 참숯을 집어넣고 토치로 불을 붙인다.

5분 정도 토치로 불을 붙이면, 숯이 빨갛게 달아오르는데 이때 집게를 이용해서 숯을 섞어준다.

그리고 그 위에 다시 불판을 올리면, 고기를 굽기 위한 기본 준비가 끝이 난다.

하지만 정작 그 모습을 처음부터 지켜보는 나는 황당할 뿐이었다.

"그 기가 막힌 장소라는 게 여기예요?"

내가 어이없는 표정으로 묻자 문세아가 과장된 자세로

주변을 둘러보며 말했다.

"응? 이 정도면 기가 막히지 않아요? 주변에 높은 빌딩이 없어서 사방이 뻥 뚫려 있지, 거기에 시끄럽게 소리쳐도 올 사람도 없고. 졸리거나 화장실 가고 싶으면, 열 발자국 이내에 집. 무엇보다 최신 영화를 볼 수 있는 스크린까지. 아! 그리고 밤이 되면, 공기가 좋아서 별도 보여요. 오늘은 구름이 별로 없어서 완전 장관일걸요? 뭐, 이 정도면 소주 한잔하기에 최고의 장소 아니겠어요?"

당당한 설명. 확실히 문세아의 말이 틀린 것은 아니었다.

분명 지금 있는 장소는 그녀가 말한 모든 조건을 갖추고 있었다.

단지 그 장소가 체육관의 옥상이라는 점만 빼면 말이다.

조립식 가건물이 들어선 옥상에는 온갖 잡동사니들이 가득했다.

나무로 만들어지고 못이 튀어나온 평상에 오래된 가죽 소파.

언제 죽었는지 알 수 없는 식물이 담긴 화분과 전깃줄에 걸린 것처럼 고무줄에 널브러지듯 걸쳐진 빨래들.

그리고 바로 아래층이 체육관임에도 불구하고 왜 있는지 알 수 없는 운동 기구들까지.

보고 있으면 절로 한숨이 흘러나온다.

그나마 다행인 것은 물건들마다 각자 나름대로의 구역이

있는지, 뒤섞여 있지는 않는다는 점이었다.

"원래부터 여기 살았던 겁니까?"

문세아가 고개를 흔들었다.

"에이, 처음부터는 아니에요. 작년까지는 아파트에서 살았는데, 체육관이 잘 안 되는 바람에 계속 돈을 까먹다가 결국 전세금까지 빼먹어서 이리 왔어요. 여기 건물주가 왕년에 제 팬이어서 월세를 엄청 싸게 해줬거든요. 아차차, 혹시 좋아하는 영화 있어요?"

설명과 함께 스크린을 만지작거리며, 그녀가 물었다.

"영화 틀게요?"

"혼자 오래 살다 보니까 좀 습관이 됐거든요. 딱히 집중해서 보지는 않아도 그냥 틀어 놓는 거죠. 참, 정훈 씨는 혼자 나와서 오랫동안 지내 본 적 없죠?"

"길어야 몇 개월 정도? 아직 학생이니까요."

"하긴 20살, 아니 이제 21살이죠? 가끔가다가 보면 깜짝깜짝 놀란다니까요? 하는 행동이나 말투만 보면, 너무 어른 같아서."

"칭찬인지 욕인지 헷갈리네요."

"칭찬이에요. 아무튼 혼자 나와서 몇 년 정도 살다보면, 지금의 제 말이 무슨 뜻인지 알 거예요. 아! 물론 솔로로 지낸다는 조건에 한해서요."

씩―

입가에 미소를 지은 문세아가 스크린을 조작하자 불이 들어왔다.

"딱히 가리는 거 없으면 이거 봐요. 얼마 전에 개봉한 비겁한 녀석이라는 느와르 영화인데, 나름 볼 만하다고 하더라고요. 저도 앞부분만 조금 봤거든요."

안타깝게도 들어 본 적이 없는 영화였다.

"자, 그럼 이제 슬슬 고기를 구워 볼까나."

싱글벙글 거리는 미소로 문세아가 황금 보자기를 열자 선홍빛 소고기가 그 자태를 뽐냈다.

"오오! 이 먹음직한 색상! 어디보자, 등급이……."

겉에 붙은 라벨의 등급을 확인한 순간 엄지를 척하고 들어 올렸다.

"환상의 A++! 최곱니다."

조르르−

흥얼거리는 콧노래와 함께 재빨리 앞에 놓인 잔에 소주를 채운 문세아가 소고기 두 점을 그릴 위에 올렸다.

치이익!

그릴 위에 올라간 소고기는 순식간에 육즙을 뱉어냈다.

"5…… 4…… 3…… 2…… 1…… OK!"

휘릭−

정확히 5초를 센 그녀는 그릴 위에 올려진 고기를 뒤집었다.

그리고 다시 5초가 지나자 재빨리 집게로 고기를 들어 한 점은 내 접시에 다른 한 점은 자신의 접시 위에 올렸다.

고기를 쳐다보니, 육즙이 그대로 묻어나는 모양새가 한눈에 보기에도 먹음직스러웠다.

흡사 처음 보는 사람이 보면, 체육관 관장님이 아닌 고기집 사장님으로 착각할 정도였다.

"최고의 한 잔을 위한 모든 준비가 끝났네요. 그럼, 이제 건배사를……."

젓가락으로 소고기를 집은 그녀가 막 소주잔을 들어 올리는 순간이었다.

우당탕!

"아! 밀지 마라 좀!"

"어머, 내가 언제!"

입구 쪽에서 들리는 소란스러움에 자연스레 고개가 옥상의 문을 향해 돌아갔다.

문세아 역시 마찬가지였다.

짐짓 화난 표정의 문세아가 손에 들고 있던 잔을 내려놓으며 앉았던 평상에서 일어났다.

"동작 그만! 거기 당장 튀어나온다. 실시!"

나직하지만 힘 있는 한마디. 그 효과는 확실했다.

닫혀 있던 옥상의 문이 열리면서 익숙한 얼굴의 두 사람이 슬며시 고개를 내밀었다.

체육관에서 봤던 기정혁과 채시아였다.

"너희 두 사람, 여긴 왜 왔어?"

문세아의 물음에 기정혁이 입술을 삐죽 내밀었다.

"계단에서 고기 냄새가 진동하는데 어떻게 그냥 갑니까? 게다가 오전부터 관장님이 죽어라 굴려서 뱃가죽이 등에 붙기 직전이라고요. 저도 고기 먹을 줄 압니다!"

몸을 축 늘어트리고 대답하면서도 눈빛만은 살아 있었다.

그리고 그 눈이 향한 곳은 조금 전에 구운 소고기에 꽂혀 있었다.

"얼씨구, 그럼, 시아 너는? 저 녀석이야 얼굴 가죽이 두꺼워서 그렇다고 해도 넌 아니잖아?"

채시아가 고개를 끄덕였다.

"당연하죠! 그래서 전 빈손으로 오지는 않았습니다. 제가 먹을 술과 음료수는 이렇게 챙겨서 왔습니다. 관장님, 설마 매정하게 쫓아내거나 하지는 않으실 거죠?"

손에 들고 있던 검은 봉지를 채시아가 흔들자 기정혁이 버럭 소리를 내질렀다.

"와! 음료수는 내가 샀잖아요!"

"네가 고른 음료수 2천 원이었거든? 너 나한테 천 원밖에 안 줬고."

"진짜 세상이 각박하다고 하더니, 매니저님 진짜……."

진심으로 억울해하는 기정혁의 표정을 보고 있자니, 절로 웃음이 흘러나왔다.

"풋. 고기야 넉넉히 있으니, 같이 먹죠."

"그래도 괜찮겠어요? 불편하면, 두 사람은 그냥 보낼게요."

내 제안에 문세아가 미안한 표정을 지었다.

"괜찮아요. 고기는 저 녀석들보고 구우라고 하면 되니까요."

분위기가 좋게 흘러가자 기정혁이 총알처럼 튀어나왔다. 링 위에서보다 배는 빠른 속도였다.

"형님! 저 고기 완전 잘 구울 수 있습니다."

처음에는 욕과 반말에서 존댓말, 인제는 형님으로 호칭이 올라갔다.

문세아가 졌다는 듯 고개를 절레절레 흔들며 손에 끼고 있던 목장갑을 벗어 기정혁에 건넸다.

"A++ 한우다. 조금이라도 태우면, 바로 앞에서 섀도복싱 10라운드다."

"에?"

"15라운드."

"고기가 타면 내일 세상이 멸망한다는 각오로 굽겠습니다."

결연한 표정을 지은 기정혁이 손에 장갑을 끼고 집게를 들었다.

그리고는 마치 신주단지를 모시듯 조심스레 집게로 고기를 집어 들었다.

"시아, 너는 이리로 와서 앉아. 정혁이야 미성년자이니까 어쩔 수 없지만, 넌 아니잖아."

"당연하죠. 그럼, 실례하겠습니다."

재빨리 평상에 자리를 잡고 앉은 채시아가 검은 봉지에서 각종 술과 음료수를 꺼내 놨다.

뒤쪽에서 기정혁이 "나도 먹을 줄 아는데……."라고 작은 목소리로 중얼거렸지만, 이내 문세아의 눈빛을 한 번 받더니 고개를 푹 숙였다.

"자, 그리고 제가 준비한 게 또 있습니다. 하이라이트는 짜잔!"

채시아가 볼록하게 솟아 있던 호주머니 속에서 숙취 해소제 3개를 꺼내 내밀었다.

그 모습에 나는 물론이고 문세아마저 실소를 흘릴 수밖에 없었다.

"너 아주 작정을 하고 왔구나?"

"그럴 리가요. 이건 단지 마음의 안정을 위해서 사온 거예요."

숙취 해소제가 마음의 안정을 준다는 얘기는 또 처음 들어본다.

"그나저나 매니저인데 이렇게 자리 비워도 되는 겁니까?"

"관장님도 여기 있는데요?"

채시아가 태연하게 말하자 젓가락을 건네주던 문세아가 어이가 없는 표정을 지었다.

"야! 가게로 치면, 내가 사장이거든."

"죄송합니다. 사장님. 헤헤, 사실은 종태가 일찍 와서 맡겨 놓고 왔어요."

"아아! 종태라고 체육관 저녁 알바. 시아한테 관심 있어서 출근 시간보다 세 시간씩 일찍 오는 남자."

"아니거든요!"

문세아가 부연 설명을 덧붙이자 채시아가 소리를 내지른다.

"됐고요. 일단 술이나 한잔 합시다."

문세아가 귀를 막는 행동을 취하고 난 뒤 채시아의 잔에다 소주를 따랐다.

"건배사는 뭐라고 해요?"

"그야 당연히……."

자신에게로 집중된 시선에 문세아가 씩 웃으며 잔을 앞으로 내밀었다.

"잘~ 먹고! 잘~ 살자!"

그렇게 서로가 서로의 잔에 술을 따르며, 얼마의 시간이 흘렀을까?

평상 위에 빈 소주병이 하나 둘 늘어갔다.

기정혁과 채시아는 일찌감치 배가 부르다며 항복을 선언하고, 영화가 틀어져 있는 스크린 앞으로 이동했다.

그 모습을 뒤에서 잠시 바라보던 문세아가 말했다.

"저기 아버지는 괜찮아요?"

"네, 잘 지내시고 계세요. 그때는 정말 고마웠습니다. 만약 수술 동의서에 사인 해주지 않으셨다면, 큰일 나셨을 거예요."

"에이! 제가 뭘 한 게 있다고요."

문세아가 손을 내저었다.

그리고는 짐짓 화난 어투로 중얼거렸다.

"지나가다가 보니까 그때 그 양송찬이라는 사람 국회의원에 출마했던데, 알고 있어요? 공약이 뭐였더라? 서민도 살기 좋은 도시였나? 참 나, 어이가 없어서. 그렇게 갑질을 하던 사람이 무슨."

"낙선할 거예요."

"네?"

"양송찬 그 사람, 곧 있을 선거에서 낙선할 거라고요."

그제야 내 말을 이해한 문세아가 당연하다는 듯 고개를 끄덕였다.

"당연하죠! 하늘이 있다면, 그런 사람이 절대 국회의원에 당선될 리가 없어요."

내가 한 말의 뜻은 그게 아니었지만, 굳이 속사정까지 자세하게 설명해 줄 필요는 없었다.

'복수는 내 손으로 직접 한다.'

군자복구 십년불만(君子復仇 十年不晚).

군자의 복수는 10년이 걸려도 늦지 않는다고 했다.

만약 주변의 힘을 동원해서 복수를 할 것이었다면, 아버지에 대한 복수는 이미 진즉에 했다.

하지만 그건 내가 원하는 복수의 방식이 아니었다.

법의 심판 아래 철저하게 자신의 잘못을 토로하고 심판받게 하는 것이 내가 양송찬에게 할 수 있는 최고의 복수였다.

'지금은 국회의원이 될지도 모른다는 꿈을 꾸면서, 조금만 더 기다려라.'

가슴 깊이 숨겨둔 칼을 다시 한 번 갈며, 잔에 채워진 소주를 입안으로 털어 넣었다.

"같이 먹지 왜 혼자 먹고 그래요? 그나저나 저 영화 내용이 좀 그러네요."

"네?"

"저거 봐요."

문세아의 눈짓에 시선을 스크린으로 돌렸다.

낯익은 배우들의 얼굴이 눈에 잡혔다.

'조인석이랑 진태라. 완전 연기파 배우들이 찍은 영화였네.'

두 사람 모두 충무로에서 연기력하면, 믿고 보는 배우들이었다.

물론 연기력만 출중한 게 아니라, 외모 역시 뛰어났다.

영화에서는 피를 흘리는 중년의 남자 조인석을 그보다 젊은 남자인 진태가 안고 있었다.

단지 이 모습만 봤다면, 사나이들의 의리를 다룬 영환인가 하고 착각할 수도 있다.

하지만 그렇게 느낄 수 없는 이유는 진태의 손에 들린 한 자루의 칼 때문이었다.

[쿨럭…… 성태…… 너 약이라도 했냐? 이게 뭐하는 짓이야?]

[형님, 미안합니다. 하지만 나도 언제까지 조직에서 2인자로 살 순 없지 않습니까?]

[하, 한심한 자식아. 2인자? 너는 2인자가 아니라 내 동생이다. 부모는 달라도 같이 밥 먹고 씻고 자고 매일 웃고 떠드는 그 동생 말이다! 형제끼리 1인자니 2인자니 하는 거 본 적 있냐?]

조인석이 절절한 목소리로 진태를 향해 소리쳤다.

입술을 꽉 깨문 진태가 착잡한 표정으로 고개를 끄덕였다.

[맞습니다. 이 오성태가 형님 동생 아니면 누가 우리 형님 동생이겠습니까? 그런데 형님, 문제는 세상 누구도 저를 형님 동생으로 보지 않는다는 겁니다. 세상이 저를 어떻게 보는 줄 압니까? 따까리, 세상이 보는 저는 그저 형님의 수많은 따까리들 중 하나일 뿐입니다!]

[…….]

[조금 있으면, 얼라도 태어나는데 계속 그런 따까리로 머물러 있을 순 없지 않습니까? 쪽팔리게.]

[쿨럭…… 쿨럭…….]

조인석이 입가에서 핏물 섞인 기침을 토해 냈다.

진태가 자신의 얼굴에 묻은 핏물을 손등으로 닦아냈다.

[……형님, 너무 억울해하지는 마십쇼. 그리고 지금까지 형님을 위해 내 손에도 피 많이 묻혔습니다. 그건 아시죠? 제가 없었으면, 지금의 형님도 없었습니다. 박중상 애들한테 죽었어도 열 번은 더 죽었죠.]

[안…… 다……. 쿨럭…… 성태야…… 원망은…… 쿨럭…… 하지 않는다.]

진태의 얼굴이 굳어졌다.

그만큼 조인석의 목소리에는 힘이 빠져 있었고 눈은 죽은 사람처럼 거의 감겨 있었다.

[다만…… 내…… 가족들…… 잘…… 부탁한다.]

형님으로 모셨고 이 사람 말이라면, 정말 죽을 수도 있다고 생각했던 사람의 마지막 부탁.

그 끝이 자신을 원망하는 외침이 아니었기에 진태는 흔쾌히 고개를 끄덕였다.

[걱정 마십쇼! 형님 가족들이 내 가족들입니다. 만약 누가 조금이라도 해코지를 하려고 그러면, 내가 뚝배기며 배때지며 가만두지 않겠습니다. 어머니 아버지 환갑이며 칠순이고 내가 다 챙기고, 미혜도 남부럽지 않게 좋은 곳으로 시집보내겠습니다. 형님은 아무런 걱정하지 말고 저 하늘에 가서 그만 편히 쉬십쇼.]

[…….]

진태를 바라보는 조인석의 입가에 희미한 미소가 생겨난 것도 잠시, 이내 조인석의 고개가 완전히 옆으로 꺾여졌다.

그렇게 조인석이 숨을 거두는 장면을 마지막으로 영화는 페이드아웃이 됐다.

앞부분이 어떤지는 몰라도 마지막 장면만 본다면, 조인석이 믿었던 사람에게 배신을 당하고 끝이 나는 영화였다.

"와! 진태 저거 완전 개새끼네! 어떻게 자기 형한테 칼을 꽂아! 그리고 뭐? 부모님이랑 동생을 챙겨? 이런 개새끼!"

기정혁이 분통 섞인 목소리를 토해 내자 곁에 있던 채시아가 핀잔을 줬다.

"에이, 그냥 영화잖아. 그리고 어차피 극중에서 진짜 피를 나눈 형제도 아니었고. 또 마지막 말은 가는 사람을 위한 립 서비스겠지."

"아니, 꼭 피를 나눠야 형제입니까? 조인석 말대로 밥도 같이 먹고 잠도 자고! 사우나도 같이 하고 그러면서 지내다 보면 그게 형제인거죠!"

"아니거든? 그럼, 남자들은 군대만 다녀오면 형제가 수백 명은 생기겠네?"

순간 할 말을 잃은 기정혁이 시선을 돌렸다.

생각해보니, 채시아의 말이 맞았기 때문이다.

군대에서는 2년 동안 숙식은 물론 모든 것이 공동체 생활로 이루어져 있었다.

"뭐, 그건 그렇다고 해도 조인석이 진태를 얼마나 믿었는데 저렇게 뒤통수를 쳐요? 막말로 서로 해온 게 얼마인데……."

"그러니까 뒤통수를 칠 수 있지."

"네?"

채시아의 단호한 대답에 기정혁이 얼빠진 목소리로 반문했다.

"서로 너무 잘 아는 게 문제였던 거야. 만약, 몰랐으면 저렇게 뒤통수 못 쳤을걸? 계속 경계만 했겠지. 적당히 비밀이 있어야 조심도하고 그러는 건데. 조인석이랑 진태는 둘이 너무 많은 걸 알고 있잖아?"

"······?"

무슨 말인지 이해를 못하는 기정혁을 향해 채시아가 손가락을 흔들었다.

"너 그런 말 못 들어 봤어? 영원한 친구도 적도 없다. 상황에 따라서 친구가 적이 될 수도 있고 적이 친구가 될 수도 있으니, 너무 마음을 주면 안 된다고."

"뭡니까? 그런 개똥철학은. 마음에 들면 마음을 주는 거지. 나 사나이 기정혁은 그런 거 모릅니다."

"사나이는 무슨. 그리고 개똥철학이라니! 엄연히 연애철학을 바탕으로 한 건데. 너 연애도 저 영화랑 똑같다. 서로 좋다고 비밀도 없이 다 알려주는 순간, 나중에 헤어지면 제일 무서운 게 바로 전 남친이랑 전 여친이야. 혹시라도 안 좋게 끝나면, 바로 뒤통수 맞는다니까! 그러니까 혹시 연애를 하더라도 숨길 건 숨기면서 만나. 그게 오래 사랑할 수 있는 지름길이니까, 너 이 누나 말 잊지 말고 명심해라. 아니면, 나중에 피눈물 흘린다."

"누나는 무슨······."

"어쭈?"

티격태격하는 기정혁과 채시아를 바라보던 문세아가 못 말리겠다는 표정으로 고개를 저었다.

"아무튼, 저 둘은 붙어만 있으면 싸운······ 정훈 씨? 정훈 씨!"

"아! 네?"

"아니, 무슨 생각을 그렇게 해요. 그리고 손에 무슨 땀이……."

문세아의 지적에 고개를 내려 손바닥을 바라보니, 어느새 땀이 흥건히 고여 있었다.

"……저기 죄송한데. 잠깐, 화장실 좀 쓸 수 있을까요?"

"네? 아, 그럼요. 저기 안으로 들어가서 사용하시면 돼요."

문세아의 안내에 따라 컨테이너로 만들어진 집으로 걸음을 옮겼다.

쏴아아―

수도꼭지에서 흘러내리는 물에 손을 씻으며, 거울을 쳐다봤다.

그곳에는 한껏 굳은 낯빛으로 서 있는 내가 보였다.

"……왜 그 순간 안 집사님이 떠오른 거지?"

[형님, 너무 억울해하지는 마십쇼. 그리고 지금까지 형님을 위해 내 손에도 피 많이 묻혔습니다. 그건 아시죠? 제가 없었으면, 지금의 형님도 없었습니다. 박중상 애들한테 죽었어도 열 번은 더 죽었죠.]

자신이 없었다면, 지금의 형님도 없었다는 진태의 대사.

왜인지 알 수 없지만, 그 순간 뼛속 깊은 한기와 함께 머릿속에 안 집사, 안성우의 얼굴이 떠올랐다.

어째서일까? 이유가 뭘까?

"……지금까지 내가 너무 받기만 해서 그런 건가?"

생각해보면, 지금까지 안성우에게 너무 받기만 했다.

물론 5천억이란 거금을 희망 재단의 설립 자금으로 내놓았다.

하지만 현재 내가 유용하게 사용하고 있는 인공 지능 나이트의 존재만 놓고 봐도 5천억보다 더 큰 값어치를 지녔다고 할 수 있었다.

나이트가 없었다면, 양송찬에 대한 복수 역시 지금까지 오지 못했을 것이다.

뿐만 아니라 집과 차, 경호원 등 현재 다양한 용도로 나가고 있는 모든 돈의 출처는 안성우의 주머니라고 할 수 있었다.

그에 비해 내가 안성우에게 해주는 것은 아무것도 없었다.

그렇다면, 안성우가 내게 목숨이라도 빚질 만큼 큰 은혜를 입었을까?

따지고 보면 그런 것도 없다.

그는 단지 선대로부터 내려오는 무언가 때문에 나를 도와주고 있을 뿐이다.

하지만 내가 과거 도움을 줬던 존재는 황금 그룹의 송지철이지, 그를 모시던 당대의 안 집사가 아니었다.

내가 황금 그룹의 후손이 아닌 이상, 아니 후손이라 할지라도 안성우가 지금처럼 날 모실 이유는 없는 것이다.

'그래서 레이아가 그렇게 내게 반감을 가지고 있는 거겠지.'

꽤 오래전부터 안성우와 함께 사업을 시작했던 레이아.

D.K 그룹의 임원인 그녀는 분명 나를 돕고 있는 것이 맞다.

지금도 표면적으로 나를 대신해서 희망 재단의 대소사를 전부 처리하고 있었다.

또한, 제주도에서 사고가 벌어졌을 당시 물불을 가리지 않고 나를 구하기 위해 뛰어 다녔다.

돕지 않는 사이라면, 그와 같은 일들을 할 리가 없다.

하지만 나는 알고 있다.

레이아가 나를 생각하는 감정의 크기는 안성우의 희생이 커질수록 적대적으로 변할 것이라는 사실을 말이다.

또한, 그녀는 철저히 사업가적인 마인드를 가지고 있었다.

내가 내린 결정이 D.K 그룹을 위험에 빠트린다면, 내게 충분히 칼을 겨눌 수 있는 배짱을 지닌 여성이었다.

'레이아와는 좋은 사업 파트너가 될 수 있지만, 그게 전부야.'

아마도 나와 그녀는 그 이상으로 가까워질 수는 없을 것이다.

공교롭게도 그 사이에는 안성우가 있기 때문이었다.

"……만약, 정말 만약에 안 집사님이 내게서 등을 돌린다면 어떻게 될까?"

지금 시점에서 나에 대해서 가장 많은 것을 알고 있는 사람.

그런 사람이 배신을 한다면, 그 결과는 돌이킬 수 없다.

당연히 평온한 일상은 송두리째 망가지고 말 것이다.

지금의 나는 아직 준비를 해나가는 과정. 룰렛의 힘만 믿고 세상과 싸우기에는 미약하고 부족하기 짝이 없었다.

"후우."

가슴 속에서 깊은 한숨이 흘러나왔다.

지금의 상상이 단순한 망상, 절대 그럴 리가 없다는 말은 할 수 없다.

세상에 절대적인 것은 존재하지 않는다.

고려를 끝맺고 조선이라는 새로운 왕조를 세우는 데 있어 공헌을 했던 정도전은 자신이 모셨던 주군, 이성계의 아들 이방원에게 죽임을 당할 것이라고 생각했을까?

단종은 삼촌인 세조가 자신을 폐위하고 왕이 될 것이라고 상상이나 했을까?

분명 일이 벌어지기 전까지 한쪽은 다른 한쪽을 믿고 있었다.

그렇기 때문에 일이 벌어진 순간, 아무런 대비도 하지 못하고 당한 것이다.

만약 서로가 서로를 경계하고 믿지 않았다면, 역사는 우리가 알던 것과 사뭇 달라졌을 것이다.

그럼, 나는 어떨까?

내가 믿고 있는 사람이 날 배신한다고 해도 당하지 않을 만큼 강함을 지니고 있는가?

그에 대한 답은 오래 생각할 필요도 없었다.

"……이대로는 안 돼. 적어도 누구한테 의지하지 않아도 소중한 사람들을 지킬 수 있을 만큼의 힘이 있어야 해."

그래야지만, 영화 속 조인석과 같은 일을 당하지 않을 것이다.

"뒤늦게 후회해서는 아무런 의미도 없다."

조진석이라고 해서 어째서 진태가 밉지 않았을까?

하지만 그 상황에서 뭐라고 하든 어차피 자신은 죽는다.

그렇다면, 원한을 남기기보다는 오히려 상대에게 한 줌의 죄책감이라도 남기는 게 현명했다.

그래야지만, 더는 자신이 지켜줄 수 없는 가족. 그 가족들이 다른 사람들에게 해를 입지 않도록 할 수 있기 때문이었다.

남아 있는 모든 업과 원한을 그 혼자 짊어지고 가는 것이다.

그렇기 때문에 조진석은 죽기 직전 진태의 말을 듣고 안도의 웃음을 지을 수 있던 것이다.

생각이 여기까지 미치자, 마음 한구석에서 슬그머니 떠오르는 것이 있었다.

"어쩌면 나 스스로와의 약속을 깨야 할지도 모르겠네."

룰렛을 통해 얻은 능력.

그건 사람에 대한 불신이 생길까봐 애써 봉인해두고 있던 하나의 스킬이었다.

〈진실과 거짓〉

고유: Passive

등급: A

설명 : 태어나서부터 자신이 가진 돈을 노리고 접근하던 사람들로 인해 숱한 배신을 당하고 끊임없이 주변의 사람을 의심해야 했던 송지철의 고유 특기입니다.

효과: 상대의 말에 집중하고 있을 경우 진실과 거짓을 구분할 수 있습니다.

대상이 하는 말이 진실일 경우에는 몸에서 파란색의 기운이, 거짓일 경우에는 붉은색의 기운이 강합니다.

〈10권에 계속〉

내 친구 석호
김상준 현대판타지 장편소설
NEO MODERN FANTASY STORY
유쾌! 통쾌! 상쾌! 경쾌!
대구 일대를 주름잡던 석호의 상경기!
쌈박질만 해대던 고등학교 1학년의 어느 날,
집으로의 호출과 함께 청천벽력 같은 한마디.
"석호야. 니 서울로 가라."
태풍을 몰고 다니는 전학생, 풍운아 석호.
한국에서 둘째가라면 서러울 재벌 2세 준학.
할 땐 하는 남자, 동물농장의 우두머리 석진.
얼굴에 똥칠해도 잘생겼을 얼굴마담 민호.
목동의 투톱, 내 마음속의 원톱 희연.
이들이 담아낼 솔직, 담백한 청춘 판타지!
우리가 학창시절에 꿈꿨던 모든 것!
그 아련한 추억의 길을 거닙니다!